WENN EINE LÖWIN JAGT

Lion's Pride, Band 8

EVE LANGLAIS

Copyright © 2020 Eve Langlais

Englischer Originaltitel: »When A Lioness Hunts (A Lion's Pride Book 8)«
Deutsche Übersetzung: Birga Weisert für Daniela Mansfield Translations 2020

Alle Rechte vorbehalten. Dies ist ein Werk der Fiktion. Namen, Darsteller, Orte und Handlung entspringen entweder der Fantasie der Autorin oder werden fiktiv eingesetzt. Jegliche Ähnlichkeit mit tatsächlichen Vorkommnissen, Schauplätzen oder Personen, lebend oder verstorben, ist rein zufällig.
Dieses Buch darf ohne die ausdrückliche schriftliche Genehmigung der Autorin weder in seiner Gesamtheit noch in Auszügen auf keinerlei Art mithilfe elektronischer oder mechanischer Mittel vervielfältigt oder weitergegeben werden.

Titelbild entworfen von: Yocla Designs © 2016
Herausgegeben von: Eve Langlais www.EveLanglais.com

eBook ISBN: 978-1-77384-178-6
Taschenbuch ISBN: 978-1-77384-179-3

Besuchen Sie Eve im Netz!
www.evelanglais.com

Kapitel Eins

Die Katze, ein eindeutig böswilliger Blick in ihren Augen, schlug mit der Pfote nach ihm und Theodore schaffte es nur knapp, den scharfen Krallen auszuweichen. Die böse Bestie miaute und fauchte und drückte damit ihre Enttäuschung aus, dass kein Blut floss.

Theodore hatte den Wunsch, sofort zurückzuknurren, musste aber stattdessen niesen. Schon wieder. Verdammte Allergie.

Das war der Grund, warum er keine Haustiere hatte.

Hatschi! Das dritte Mal, strategisch gezielt, erwies sich als Volltreffer, da der flauschige weiße Teufel flüchtete und noch mehr von den Papieren auf dem Tisch verstreute. Rechnungen von Versorgungsunternehmen. Einige davon mit Flecken. Zerknitterte Quittungen. Auch Coupons gehörten dazu, zusammen mit einigen Rezepten, bunte Seiten aus Zeitschriften herausgerissen.

Ein Durcheinander. Es war fast genug, um ein nervöses Zucken bei ihm auszulösen. Er brauchte sicherlich eine Fusselrolle. Die Haare, die an ihm klebten, standen im krassen Gegensatz zu dem dunklen Stoff seiner Hose. Gut, dass er eine Ersatzhose in seinem Kofferraum hatte. Er würde sich umziehen müssen, bevor er in seinen Wagen stieg.

Mrs. Peterson – eine Dame in den Achtzigern nach ihrem Geburtsdatum zu urteilen – kam langsam aus der Küche gehumpelt und hatte in ihren zitternden Händen eine Tasse Tee, der fast überschwappte, und einen Teller mit Keksen. Sie stellte das Getränk vor ihn hin. Auf der heißen Flüssigkeit schwamm ein Haar.

Es gab eine Zeit zu Beginn seiner Karriere, in der er gewürgt hätte. Nun sagte er ruhig: »Vielen Dank«, und ließ die Tasse dann links liegen.

Sie stellte den Teller mit den Keksen – die wahrscheinlich in einer Küche voller Haare und Staub gemacht worden waren – daneben.

Sein Magen schrumpfte vor Angst auf Erbsengröße zusammen. Er würde auf keinen Fall etwas essen oder trinken. Und da war es ihm auch ganz egal, wie sehr die alte Frau ihn dazu bewegen wollte oder wie aufgeregt sie klang, als sie rief: »Die sind hausgemacht.«

Das schien aber nicht gerade für sie zu sprechen,

wenn man bedachte, dass das ganze Haus voller Katzenhaare war.

»Das ist sehr nett von Ihnen, Mrs. Peterson, aber Sie wollten doch die Belege holen. Sie wissen schon, bei denen es um diese Steuerabzüge geht?« Er zeigte auf den Abschnitt im Formular, der handschriftlich ausgefüllt war. Die Handschrift selbst war oft wackelig, ausgenommen dort, wo es um große Summen von Rückerstattungen ging. Hier waren die Zahlen ganz klar und ziemlich groß und gehörten zu den Belegen, die er noch nicht gesehen hatte.

Mrs. Peterson versuchte, ihn unter dem Deckmantel der Gastfreundschaft hinzuhalten. Er kaufte es ihr keine Minute lang ab.

»Ich kann Ihnen versichern, dass all die Abzüge aufgrund medizinischer Untersuchungen notwendig waren«, erklärte sie, setzte sich gegenüber auf den Stuhl und betrachtete auffordernd seine Tasse mit dem Tee.

»Und das bedeutet, dass Sie eigentlich Rechnungen haben sollten. Wie schon gesagt, die möchte ich bitte sehen.«

»Glauben Sie etwa, dass ich lüge? Das würde ich niemals tun«, erklärte sie aufgebracht. Dann wechselte sie schnell das Thema. »Sie haben Ihren Tee ja noch gar nicht getrunken.«

»Ich habe keinen Durst und ich beschuldige Sie keineswegs zu lügen, Mrs. Peterson, allerdings brauche ich mehr als nur Ihr Wort dafür, dass diese medizinischen Ausgaben tatsächlich existieren.«

Sie hob trotzig das Kinn. »Also wirklich, die Jugend heutzutage, immer in Eile. Keinerlei Manieren. Als ich jung war, trank man eine Tasse Tee, bevor man sich um das Geschäftliche kümmerte.«

Er seufzte. »Mrs. Peterson, wie ich Ihnen bereits gesagt habe, handelt es sich hier nicht um einen persönlichen Besuch.«

»Und das ist doch heutzutage genau das Problem. Niemand hat mehr Zeit, sich zu unterhalten. Alle sitzen nur noch vor ihrem Handy oder dem Internet.« Sie schniefte.

»Mrs. Pet-«

Ding-dong.

»Ja so was. Besuch. Hoffentlich sind es nicht mein undankbarer Sohn und diese Hure.«

Mit »Diese Hure« meinte sie die Frau, die seit fünfunddreißig Jahren ihre Schwiegertochter war. Er hatte schon von den beiden gehört. Und er verstand nur allzu gut, warum sie nie zu Besuch kamen.

Vom Gong gerettet. Mrs. Peterson ging zur Eingangstür, um zu sehen, wer da war. Theodore nutzte die Gelegenheit, um die ekelhafte Tasse mit dem schmutzigen Wasser zu nehmen und in das nächste Gefäß zu schütten, das er sah. Die Farbe des Wassers in der Katzenschüssel änderte sich, als er den Tee hineingoss. Als Mrs. Peterson zurückkam, hatte er sich wieder aufgerichtet, hielt sich die leere Tasse an die Lippen und tat so, als würde er trinken.

»Bitte entschuldigen Sie die Störung. Jemand wollte meinen Wasserzähler überprüfen, obwohl letzten Monat schon so ein netter Kerl da gewesen ist.«

»Sie sollten diese Leute nicht in Ihr Haus lassen.« Er stellte die Tasse ab und sie betrachtete sie mit einem Grinsen.

»Braver Junge.«

»Wenn wir jetzt zum geschäftlichen Teil kommen könnten. Die Rechnungen. Sofort.« Und diesmal sagte er es mit etwas Nachdruck.

»Es tut mir leid, aber wie ich auch schon dem letzten Steuerprüfer erklärt habe, habe ich sie nicht. Weil es sie nicht gibt.« Sie erklärte es ziemlich heftig und ohne jegliches Zittern ihrer Stimme. »Die beim Staat sind doch alles Geier, die sich die Pension unter den Nagel reißen wollen, die mein Ehemann mir hinterlassen hat.«

»Ich bin nicht hier, um unsere Gesetze zu diskutieren.«

»Aber Sie sind hier, um sie durchzusetzen.«

»Sie haben uns ja keine Wahl gelassen. Sie haben eine Steuerrückzahlung von fünfundsiebzigtausend Dollar bekommen.« Und da waren im Büro schon die Warnlichter angegangen.

»Und? Ich habe die Formulare ausgefüllt, wie es von mir erwartet wird«, verteidigte sie sich.

»Aber Sie hatten ein Einkommen von nur dreißigtausend Dollar.«

»Weil die Firma, für die mein lieber Gordie gearbeitet hat, seine Angestellten ausgebeutet hat.« Sie sah ihn böse an.

Aus dem Augenwinkel sah er eine Bewegung und stellte fest, dass die Katze Wasser aus ihrer Schüssel trank. Wahrscheinlich schmeckte ihr der Tee, weil er das Aroma von Katzenhaar hatte.

»Ich bin nicht wegen der Höhe Ihrer Rente hier, sondern wegen der Tatsache, dass Sie die Rückgabe einer darüber hinausgehenden bezahlten Quittung verlangt haben, was völlig unmöglich ist, da Sie behaupten, außer diesem Haus über kein weiteres Vermögen zu verfügen.«

Sie seufzte und verdrehte dramatisch die Augen. »Und deswegen liegt auch die Leiche des anderen Typen verwesend im Keller.«

»Gestehen Sie damit etwa den Mord an meinem vermissten Kollegen?«, fragte er leise und ohne eine Gefühlsregung preiszugeben.

»Ja, das habe ich«, sagte sie nicht ohne Stolz in der Stimme. »Und Sie sind der Nächste. Eigentlich sind Sie selbst schuld. Einfach eine alte Frau im Herbst ihres Lebens zu belästigen.« Sie schnaubte. »Sie sollten das bisschen Zeit, das Ihnen noch bleibt, dazu nutzen, um sich klar darüber zu werden, was für eine schlechte Entscheidung es war, für die Regierung zu arbeiten.«

»Und wie wollen Sie mich töten?«, fragte er.

»Dafür habe ich mit dem Tee gesorgt, den Sie getrunken haben.« Ihr Ausdruck wurde bösartig. »Ich habe ihn vergiftet. In ein paar Minuten sind Sie tot.«

»Jetzt ist vielleicht ein guter Zeitpunkt, um Ihnen zu sagen, dass ich den Tee gar nicht getrunken habe. Ihre Katze allerdings schon.« Er zeigte auf das Tier und wünschte sich, er hätte eine Kamera getragen, denn die Hölle brach aus.

Mrs. Peterson kreischte: »Baby! Nein.«

Die alte Frau sprang vom Stuhl und hob die Katze hoch, die am Boden saß und sich sauber leckte. Sie fauchte und sprang von ihrem Arm.

»Ich glaube nicht, dass Ihr Haustier sehr viel davon getrunken hat. Wenn wir mit dieser Sache fertig sind, können wir einen Tierarzt rufen.«

»Ihnen mache ich gar nichts fertig, Sie – Sie – Katzenhasser!« Mrs. Peterson griff nach einer Stricknadel und versuchte, ihn damit zu stechen.

Er schlug die Nadel beiseite und nach einem Kampf, bei dem ihm klar wurde, dass er mehr Zeit im Fitnessstudio verbringen sollte, hatte er die Steuerhinterzieherin in seine Gewalt gebracht. Er hatte keinerlei Schuldgefühle, als er ihr die Handschellen anlegte. Da konnte sie so böse schauen, wie sie wollte. Schließlich hatte sie das Gesetz gebrochen.

»Sie hätten den Tee trinken sollen«, fuhr sie ihn an.

»Sie hätten sich mit gesetzmäßigen Steuerabzügen zufriedengeben sollen«, erwiderte er.

Mrs. Peterson, die seit geraumer Zeit Einkommenssteuerbetrug begangen hatte, kam ins Gefängnis. Die Katze wurde trotz seiner diesbezüglichen Bedenken gerettet.

Zufrieden, dass er sein Bestes gegeben hatte, fuhr Theodore nach Hause – in seiner Ersatzkleidung, den dreckigen Anzug eingepackt. Zu Hause angekommen warf er ihn sofort in den Haufen für die chemische Reinigung und duschte lange mit viel Seife, um dafür zu sorgen, dass keine Spur von der Katze an ihm haften blieb.

Er hasste Katzen. Als er klein war, hatte seine Großmutter das ganze Haus voll davon. Die ekligen Dinger mochten den kleinen Jungen nicht, der zu ihrem Besitzer gezogen war. Sie pinkelten auf sein Kissen. Zerkratzten all seine Sachen. Als er eine Allergie entwickelte, steckte seine Großmutter ihn ins Internat. Was sich als eine gute Sache herausstellte.

Theodore genoss die Ordnung und Sauberkeit der Akademie. Er zollte es ihnen, dass er zu dem Mann geworden war, der er heute war. Ein Mann, dem es gut ging, wenn alles seine Ordnung hatte. Nicht im Chaos. Regeln gaben Theodore die Grenzen, die er brauchte.

An dem Tag, nachdem er Mrs. Peterson zu Fall gebracht hatte, wurde er in Garry Mavericks Büro gerufen. Eine der höheren Führungskräfte im Büro, die Theodore in letzter Zeit mit interessanteren Aufgaben betraut hatten. Er hoffte, dass das ein Zeichen dafür war, dass er bald die Beförderung erhalten würde, für die er hart gearbeitet hatte.

»Theo, gute Arbeit im Fall der schwangeren Großmutter.« Denn Mrs. Peterson hatte nicht nur eine enorme Steuerrückforderung beantragt, die ihr nicht zustand, sondern als Grund dafür auch noch angegeben, dass sie Zwillinge erwartete. Man hätte vielleicht Milde walten lassen, hätte sie nicht versucht, den Steuerbeamten zu töten, den man geschickt hatte, um sie zu befragen.

»Haben Sie den anderen Mann gefunden, Sir?«

»Das haben wir.« Maverick, der Mann, der Theodore eigenhändig für diesen Job ausgesucht hatte, sah bedrückt aus. »Er war schon fast tot von all dem Gift, doch jetzt erholt er sich im Krankenhaus. Gut gemacht.«

»Vielen Dank, Sir.« Als würde er den Mann mit dem stählernen Blick jemals etwas anderes nennen.

»Also, Loomer«, erklärte er, da es im Büro gang und gäbe war, Nachnamen zu benutzen, »Sie haben bei den komplizierteren Fällen ganze Arbeit geleistet. Was wäre, wenn ich Ihnen jetzt sage, dass wir eine ganz große Sache haben, die Sie sich mal anschauen sollten? Wir würden gern Ihre Meinung darüber hören.«

»Ein weiterer Fall?« Theodore richtete sich auf seinem Stuhl auf. Er hatte erst vor Kurzem die Chance erhalten, an Feldeinsätzen teilzunehmen. Bis jetzt war er interner Rechnungsprüfer gewesen, was ihm nichts ausmachte. Zahlen hatten eine Ordnung an sich, die er sehr genoss. Er hatte schon viele Fälle geknackt, ohne jemals das Büro zu verlassen. Er konnte sich jedoch eine gewisse Aufregung eingestehen, dem sterilen Büro zu entkommen, um für Maverick höchstpersönlich zu arbeiten, von dem man in gedämpften Tönen sprach.

»Wir glauben, dass es sich hier um eine Riesensache handeln könnte.« Maverick schob ihm die Akte über den Tisch zu.

Theodore machte sie auf und stellte fest, dass sich darin mehrere Ordner befanden. Er überflog sie und stellte sofort eines fest. »Schenkt man den Adressen in dieser Akte glauben, wohnen sie alle im gleichen Haus.«

»Es handelt sich um ein riesiges Wohngebäude in der Innenstadt. Nicht jeder kann dort eine Wohnung mieten.«

Theodore tippte mit dem Finger auf die Akte. »Wie ich sehe, haben ein paar von ihnen denselben Nachnamen. Es handelt sich also wahrscheinlich um eine Familie.«

»So ziemlich alle Einwohner des Hauses sind auf die ein oder andere Art miteinander verwandt. Aufgrund der Vielzahl der Vorfälle glauben wir, dass die gesamte Familie in den Betrug verwickelt ist und es sich nicht nur um Steuerbetrug handelt.«

Aber man konnte die Steuern als Vorwand nehmen, um die Dinge genauer unter die Lupe zu nehmen, damit die Polizei genügend Material bekam, um Durchsuchungsbefehle und Gerichtsbeschlüsse zu beantragen.

»Ist Ihnen irgendetwas Ungewöhnliches aufgefallen?«, fragte Theodore.

»Eigentlich nicht, abgesehen davon, dass sie ziemlich unter sich bleiben. Erste Nachforschungen haben nicht viel ergeben. Sie sind kaum in den sozialen Netzwerken aktiv. Das ist in der heutigen Zeit ausgesprochen merkwürdig.«

»Vielleicht sind sie gern offline.« Theodore gehörte jedenfalls nicht zu denjenigen, die elektronische Unterhaltung mochten. Computer waren einzig und allein zum Arbeiten da. Zur Entspannung las er klassische Literatur oder kochte.

»Außerdem ist ihre Buchführung ziemlich kreativ. Sie hinterziehen jetzt schon seit Jahren Steuern.«

»Allerdings keine ungeheuren Summen«, bemerkte Theodore, als er den Ordner durchblätterte. »Alle Steuerrückzahlungen bleiben unter zehntausend Dollar.«

»Aber sehen Sie sich nur an, was sie als Geschäftsausgaben angeben.«

Theodore runzelte die Stirn. »Das sind ziemlich heftige Ausgaben für etwas, das kein Geld einbringt.«

»Und es wird noch besser«, erklärte Maverick. »Wenn wir Belege verlangen, schicken sie sie uns.«

Er blätterte zum Ende des Ordners und betrachtete die Kopien zerknitterter Belege. Einige von ihnen konnten ganz offensichtlich nicht berücksichtigt werden. Wie konnte jemand behaupten, eine Maniküre und Pediküre für die Arbeit zu benötigen?

»Und was ist mit den größeren Ausgaben? Daraus ist weder ersichtlich, welches Unternehmen diese Dinge verkauft hat, noch um was es sich eigentlich handelt.« Er zeigte auf einen getippten Beleg, der aus kaum mehr bestand als einer Reihe von Zahlen und Buchstaben, wie eine Typennummer. Und in einer weiteren Zeile die Anzahl Zehntausend gefolgt von einer ziemlich großen Summe.

»Wir wissen nicht genau, um was es sich dabei handelt, würden es aber gern herausfinden. Vielleicht hat es etwas mit den größeren Dingen zu tun, die ich vorher schon erwähnt habe.«

Theodore überflog den Ordner weiter. »All diese Ordner gehören zu Frauen im Alter zwischen zwanzig und fünfzig.«

»Zwei davon scheinen Mutter und Tochter zu sein. Zwei andere eventuell Cousinen.«

»Manche sind verheiratet, manche nicht. Und auch die Lebensverhältnisse sind relativ ungeordnet«, stellte Theodore fest.

»Da es Mitbewohner und Eheleute gibt, könnte es sein, dass mehrere Leute in die Sache involviert sind.«

Theodore schlug den Ordner zu. »Ich werde ein paar Nachforschungen anstellen, Informationen einholen und Termine mit ein paar der Betroffenen machen.«

»Das ist alles schon geschehen. Die Briefe, in denen sie informiert werden, dass sie einer Steuerprüfung unterzogen werden, wurden bereits mit eingetragenen Terminen versandt. Keiner von ihnen hat um eine Verschiebung des Termins gebeten. Der erste Termin findet morgen Nachmittag statt. Melly Goldeneyes.«

»Das ist aber wirklich ziemlich kurzfristig«, erklärte Theodore und erinnerte sich mit seinem fotografischen Gedächtnis an den Ordner, auf den Maverick sich bezog. Der Ordner, der mit dem Namen Melly versehen war, beinhaltete ein Führerscheinfoto, und zwar kein besonders schmeichelndes. Darauf kniff sie die Augen zusammen und ihr stand das Haar zu allen Seiten vom Kopf ab, als käme sie gerade aus einem Tornado.

»Ich bin mir sicher, dass Sie es schaffen. Es ist uns wichtig, dass sich um diese Sache gekümmert wird.«

»Ich werde mich darum kümmern, aber warum ist es so dringend? Ist das nicht ein wenig verdächtig?« Die Steuerbehörde war jedenfalls nicht dafür bekannt, schnell zu agieren.

»Weil wir Grund zu der Annahme haben, dass Tiere sich in Gefahr befinden.«

Da er selbst kein besonders großer Freund von Tieren irgendwelcher Art war, war sein erster Impuls keiner, den er laut zugeben wollte. »Wenn Sie allerdings davon überzeugt sind, warum führen Sie dann keine Razzia durch?«

»Die Situation ist heikel. Wir können nicht einfach ohne konkrete Beweise hineinstürmen. Die Auswirkungen ...« Maverick schüttelte den Kopf. »Wir müssen uns sicher sein. Wenn Sie zügig damit fertig werden, können Sie sich ein paar Tage freinehmen.«

Warum sollte er sich freinehmen? Er hatte bereits alles geputzt und selbst ihm konnte das Lesen langweilig werden.

»Sie können sich auf mich verlassen.«

Theodore verbrachte diesen und den nächsten Tag damit, die Ordner durchzugehen, Notizen zu machen und genau zu planen, wie er vorgehen wollte. Er stellte eine Liste mit Fragen zusammen. Er nummerierte sie und fügte einigen wenigen Unterlisten hinzu. Er wollte Maverick zeigen, dass er auch weiterhin Feldarbeit leisten konnte.

Am Tag des Termins kreiste er ein paarmal um das Gebäude und beobachtete es, während er daran vorbeischlich. Es ragte in den Himmel, ein großes goldenes Hochhaus mit einer Mauer drum herum.

Da die Straße, die an der Wohnung vorbeiführte, keinen Parkplatz hatte, musste er zu einem Parkhaus ein paar Blocks weiter fahren. Die Stelle zwischen einem Pfeiler und einer Mauer, an der er niemanden im Rücken hatte, bot ihm den größtmöglichen Schutz für seinen Wagen.

Als er zu der in den Unterlagen angegebenen Adresse ging, wählte er die Bürgersteigseite, die entlang der riesigen Mauer führte. Sie erstreckte sich über die Länge des Blocks, bog um die Ecke und erstreckte sich dann einen weiteren Block lang. So war dafür gesorgt, dass die Menschen im Inneren sicher waren, was zusätzlich noch durch Kameras an den Ecken, die jeden Winkel überwachten, verstärkt wurde. Interessanterweise erhaschte er einen Blick auf einen Baum, dessen Ast über die Mauer ragte. Pflanzen wurden in der Stadt immer häufiger, da die Menschen sich bemühten, inmitten der Natur zu leben.

Er wünschte sich wirklich, sie würden bei Plastik bleiben. Er war allergisch gegen Pollen und Gräser.

Der Mauer folgend erreichte Theodore eine große Toreinfahrt, die breit genug für zwei Fahrzeuge gleichzeitig war. Als er sich den geschlossenen Toren näherte, bemerkte er die Gegensprechanlage und den Knopf darunter. Er drückte ihn mit einem Taschentuch.

Bzzzzt.

Nichts geschah.

»Entschuldigung?« Er wusste nicht, ob ihm jemand zuhörte. »Hallo?« Er drückte erneut auf den Knopf.

Eine blechern klingende Stimme ertönte: »Was wollen Sie?«

»Ich habe einen Termin mit jemandem in Fünf C.«

»Kommen Sie wann anders wieder.«

»Ich habe heute einen Termin mit ihr«, beharrte Theodore.

»Es ist doch Mode, zu spät zu kommen.«

»Aber nicht bei der Arbeit.« Er rang um Beherrschung. Warum machte der Mann an der Gegensprechanlage ihm das Leben so schwer?

»Na gut. Wenn Sie nur rumjammern wollen, kommen Sie doch einfach rein.«

Mit einem Klicken öffnete sich eine kleinere Tür innerhalb des Tores, und Theodore trat hindurch und bemerkte die Kamera, die ihn beobachtete. Die Sicherheitsvorkehrungen waren nicht allzu überraschend. Im Herzen der Stadt florierte das Verbrechen. Die Bewohner dieser Eigentumswohnungen legten offensichtlich Wert auf Privatsphäre und Sicherheit.

Es gab auch überraschend viele Grünflächen. Theodore machte auf halbem Weg zu dem riesigen Gebäude mit den Eigentumswohnungen eine Pause. Während die Einfahrt eine dunkle Schneise zog, die an den Eingangstüren einen Kreisverkehr bildete und nach rechts zu einer Tiefgarage abbog, war der Rest des Platzes grün. Vom Zaun bis zum Bauwerk selbst blühten Sträucher und Bäume. Die Menschen lagen auf dem grünen Gras, die Gesichter der warmen Sonne zugewandt.

Die faule Trägheit machte ihn unruhig. Theodore war am glücklichsten bei der Arbeit. Wenn ihm die Arbeit ausging, fand er andere Dinge wie Putzen, das Sortieren seiner Kleidung nach Stil und Farbe oder die Neuanordnung seiner Schränke für maximale Effizienz. Er verbrachte nur eine Stunde am Tag mit Lesen als Belohnung. Seine letzte Freundin hatte ihn als starr und langweilig bezeichnet. Damit hatte er kein Problem. Obwohl es mehr als zehn Jahre her war, dass sie sich getrennt hatten, wäre es vielleicht an der Zeit, seine Anforderungen an eine Partnerin zu überdenken.

Als Theodore sich dem Gebäude näherte, bemerkte er die Ränder eines Tors, das über die Tür lugte. Wahrscheinlich ließ es sich absenken, um den Glaseingang zu verdecken. Interessantes Sicherheitselement.

Die Kameras an der Tür waren nicht zu übersehen. Die Videoaugen bemerkten alles. Er beschloss, sie zu ignorieren.

Die aus Glas gefertigte und mit goldenem Metall verzierte Tür glitt auf, als er sich ihr näherte. Das hätte wie ein Mangel an Sicherheit erscheinen können, bis er den bulligen Wachmann hinter einem Schreibtisch erblickte, der sich sofort auf ihn konzentrierte. Theodore würde sich anmelden müssen.

Seitlich im Eingangsbereich standen Sofas und einige breite, bequeme Stühle. Überraschend viele Leute saßen dort. Hauptsächlich Frauen. Alle starrten ihn schweigend an. Sie sagten kein Wort. Irgendwie unheimlich.

Aus irgendeinem Grund überkam ihn ein seltsames Frösteln, als eine von ihnen zwinkerte und lächelte.

»Kann ich Ihnen behilflich sein?«, fragte der Wachmann. Auf seinem Namensschild stand Garfield.

»Hallo, ich bin Theodore Loomer von der Steuerprüfung.« Er griff nach seiner Brieftasche und der Wachmann stellte sich hin.

»Lassen Sie die Hände da, wo ich sie sehen kann«, blaffte der Wachmann und zeigte sich weniger gutmütig, als es anfangs den Anschein gehabt hatte.

»Ich will Ihnen nur meinen Ausweis zeigen.« Theodore öffnete die Brieftasche und zeigte seinen Ausweis.

Der Wächter entspannte sich. »Steuerfahndung, was? Wen wollen Sie sehen?«

Er zog eine Kopie des Briefes heraus, der an den ersten Namen auf seiner Liste geschickt worden war. »Melly Goldeneyes.«

»Ooooh, Melly steckt in Schwierigkeiten«, flüsterte jemand laut hinter ihm.

Als er sich umdrehte, schien jede einzelne Person plötzlich ausgesprochen beschäftigt und sah woanders hin.

Der Wachmann gab ihm den Brief zurück. »Sie müssen in den fünften Stock. Nehmen Sie die Treppe oder den Aufzug?« Der Wachmann zeigte in zwei verschiedene Richtungen.

»Wollen Sie nicht Bescheid sagen?«, fragte er.

»Und die Überraschung ruinieren?« Garfield lächelte. Es hätte eigentlich beruhigend wirken sollen, aber es enthielt einen gesunden Schuss Selbstzufriedenheit.

»Äh, vielen Dank.« Mit seiner Aktentasche in der Hand steuerte Theodore die Aufzüge an und behielt dabei die herumsitzenden Leute im Auge. Während sie ihn zu ignorieren schienen, hatte er trotzdem das Gefühl, dass sie ihn aufmerksam beobachteten. Seine Haut kribbelte von dem Bewusstsein, und der Wunsch, sich umzudrehen, um nachzusehen, sorgte dafür, dass er die Zähne zusammenbiss und weiterging.

Der Aufzug stand mit offener Tür bereit. Theodore trat ein, drückte die Fünf und drehte sich um. Als die Türen sich schlossen, sah er schockiert, dass sich alle Köpfe ihm zugewandt hatten und in seine Richtung blickten. Er hätte schwören können, dass er Gelächter hörte.

Das Innere der Kabine war, wie der Rest der Wohnanlage, aufwendig gestaltet, in Goldtönen mit Spiegeln. Seine Nase zuckte. Jemand musste sein verdammtes Haustier mitgebracht haben. Das konnte er daran erkennen, dass er plötzlich niesen musste.

Er hielt sich ein Taschentuch vor den Mund.

Der Aufzug hielt genau dann im fünften Stock, als er nieste.

Hatschi!

Als er sich wieder erholt hatte, hörte er, wie eine Tür zuschlug. Seltsam, er hatte niemanden gesehen. Ein Blick um ihn herum zeigte einen grauen, schieferfarbenen Teppich im Korridor, blasse Wände und goldene Wandleuchter, die den Weg erhellten.

Er hielt seine Aktentasche fest und ging den kurzen Flur entlang bis zur T-Kreuzung. Links oder rechts?

Ein Blick zu beiden Seiten zeigte ungerade Zahlen zu seiner Linken, gerade zu seiner Rechten. Die Türen waren einfach und obwohl ihnen ein Spion zum Beobachten fehlte, bemerkte er die Kameras, die jede seiner Bewegungen verfolgten.

Wie viel musste ein Ort wie dieser angesichts all dieser Annehmlichkeiten wohl kosten? Wie konnten die Leute es sich leisten, die er untersuchen sollte?

Er wählte eine Richtung und seine Schritte verlangsamten sich erst, als er eine offene Tür erreichte. Musik quoll aus dem Raum heraus. Ein Blick ins Innere zeigte Chaos.

So viel Chaos. Genug, dass er sich danach sehnte, einen Besen zu nehmen und einen Weg frei zu fegen.

Seine Nase begann wieder, zu zucken und zu jucken. Wer immer hier wohnte, hatte entweder eine Katze oder einen Hund. Vielleicht beides. Das könnte hässlich werden. Hoffentlich konnte er dieses Interview schnell hinter sich bringen.

Er klopfte leicht an die offene Tür.

Niemand antwortete.

»Hallo?«, rief er, aber die Musik übertönte ihn und er wollte nicht darüber schreien.

Er trat über die Schwelle und blickte sich um. Eine

typische Aufteilung. Wohnzimmer kombiniert mit Esszimmer und Küche. Ein großes Fenster am anderen Ende sorgte für natürliches Licht. Er bemerkte die Couch, die Kissen auf dem Boden, und das sorgte dafür, dass seine linke Schulter sich verspannte. Was für ein Chaot lebte hier?

Der Besitzer der Küche hatte beschlossen, die Kücheninsel als Vorratsschrank zu nutzen, denn mehrere offene Cornflakes-Packungen standen darauf, eine Obstschale, die groß genug war, um mit dem Inhalt eine Familie zu ernähren, und schmutziges Geschirr in der Spüle.

Er spürte, wie seine andere Schulter sich nun ebenfalls verspannte. Dieses Durcheinander war nicht sein Problem.

Er nahm mehr Details auf, von der Pizzaschachtel über das, was ein Kaffeetisch sein könnte – schwer zu sagen mit den Flaschen, Dosen und Spielecontrollern, die ihn bedeckten.

Die Fernseher nahmen eine ganze Wand ein. Ein großer zentraler Flachbildschirm, flankiert von vier kleineren. In der anderen Hälfte der Wohnung befanden sich Türen. Diejenige, die seinem Standort am nächsten lag, war wahrscheinlich ein Schrank. Einer, aus dem die Kleider hervorquollen, möglicherweise die Schmutzwäsche. So viel Schmutzwäsche.

Vorsichtig bahnte er sich seinen Weg durch die Wohnung, die aussah, als hätte der Blitz eingeschlagen. Sicherlich war der Besitzer da, warum sonst hätte die

Tür offen gestanden. Er vermied es knapp, auf einen Tanga zu treten. Ein kleines Stück hellblauer Spitzenstoff.

Das Kitzeln in seiner Nase wurde stärker und doch roch die Wohnung nicht. Zumindest nicht unangenehm. Irgendein Duft lag jedoch in der Luft, eigentlich eher wohltuend.

Er bewegte sich an der Unterhose und der aufgerissenen Schachtel mit Törtchen vorbei zur Tür, vorbei an der schrecklichen Schmutzwäsche. Als er durch die nächste Tür spähte, fand er sich einem hüpfenden Hintern gegenüber.

Einem schönen Hintern.

Er erinnerte sich an das Bild auf dem Führerschein. »Ähem.«

Mit dem Kopf nach unten und dem Hintern in der Luft bückte die Frau sich nach dem Haftnotizzettel, der aus dem Papierbündel in ihrer Hand gefallen war, und spähte zwischen ihren Beinen hindurch. Sie hatte einen Kopf voller dunkler Strähnen und ihre Augen waren von dichten Wimpern umrahmt, ihre Brauen waren schön definiert.

Sie blickte ihn an. Wahrscheinlich bewunderte sie die feine Bügelfalte seiner Hose im Vergleich zu ihrer ziemlich verwahrlosten Kleidung. Ihre Jeans musste angesichts der Anzahl der Löcher dringend ersetzt werden.

»Wer hat Sie denn reingelassen?«, fragte sie, ohne sich aufzurichten. Durch eines der geschlitzten Löcher konnte man einen Teil ihres Hintern sehen. Ganz offensichtlich war ihr Höschen, genau wie das, das er auf dem Boden gesehen hatte, nicht von der Art, das den ganzen Hintern bedeckte.

Wenn sie überhaupt Unterwäsche trug.

Er wandte den Blick ab. »Die Tür stand weit offen und als ich gerufen habe, hat niemand geantwortet.«

»Sind Sie der Typ von der Steuerbehörde?«, fragte sie und griff nach einer weiteren Haftnotiz, die unter ihrer Schuhsohle klebte. Sie nahm den Zettel, richtete sich auf – allerdings nicht besonders weit, da sie ungefähr nur knapp ein Meter fünfundfünfzig war – und sah zu ihm hoch.

Sie war winzig. Kompakt. Und irgendwie in seinem persönlichen Bereich. Zu nahe an ihm dran. Er machte einen Schritt zurück. »Sind Sie Melly Goldeneyes?«

»Das kommt drauf an, wer mich sucht.«

»Ich komme von der Steuerbehörde.«

»Da sind Sie aber etwas zu früh dran.«

Er zeigte auf seine Armbanduhr. »Es ist genau vierzehn Uhr.«

»Haben Sie noch nie etwas davon gehört, dass es Mode ist, ein wenig zu spät zu kommen?«

»Wir haben einen Termin.«

»Ich weiß, deshalb habe ich ja auch meine ganzen Sachen organisiert.« Mit einer Handbewegung zeigte sie auf alle möglichen Papiere, die auf dem Bett ausgebreitet waren. »Tada!«

Er sah erst auf den Haufen Papiere und dann zu ihr. »Das ist doch wohl nicht Ihr Ernst, das ist doch nicht organisiert.«

»Sind Sie sich da sicher? Es befindet sich alles zusammen an einem Ort.«

Er widerstand dem Drang, sich seine Brille hochzuschieben. Das Kribbeln in seiner Nase wurde stärker. »Bitte nehmen Sie sie und bringen Sie sie irgendwohin, wo wir sie richtig sortieren können.«

»Jetzt?«, fragte sie.

»Ja, jetzt.«

Sie zog die Mundwinkel nach unten. »Aber ich wollte gerade auf dem Dach Fußball spielen.«

»Nicht, solange wir hier nicht fertig sind.«

Sie seufzte. »Können wir es nicht einfach hinter uns bringen? Ja, vielleicht war ich ein wenig kreativ bei den Sachen, die ich zurückgefordert habe, aber selbst Arik sagt, dass meine Rolle schwer zu definieren ist.«

»Wer ist Arik?« Ihr Freund? Ihr Aufpasser? Jemand, der eine Haushaltshilfe für diese Frau anheuern sollte?

»Arik ist der Chef.«

»Er ist Ihr Arbeitgeber.« Er zog ihren Ordner heraus und schlug die entsprechende Seite auf. »Pride Industries. Ein Unternehmen im Familienbetrieb.«

»Allerdings nicht ausschließlich Familie, das wäre sonst ja Inzest.« Sie rümpfte die Nase. »Bei solchen Dingen sind wir ausgesprochen vorsichtig.« Sie betrachtete ihn von oben bis unten. »Wie sind die Gene in Ihrer Familie so?«

»Das geht Sie gar nichts an«, antwortete er ruppig.

»Oh, Widerworte. Das gefällt mir.« Sie ließ sich aufs Bett fallen. »Sollen wir einfach den Small Talk bleiben lassen und direkt zum Sex übergehen?«

»Wie bitte?« Mit einem Finger lockerte er sich seine Krawatte, die ihn plötzlich zu sehr einschnürte. Schweiß trat ihm auf die Stirn. Diese Frau benahm sich nicht so, wie er es erwartet hatte.

»Also bitte. Ich weiß doch, wie es läuft. Ich war ein sehr, sehr böses Mädchen und Sie würden mir gern bei meinem Problem helfen. Wir wissen doch beide, dass Sie nur darauf warten, dass ich versuche, Sie zu bestechen, damit ich die Steuerprüfung unbeschadet überstehe.«

»Ich bin nicht käuflich«, sagte er angespannt.

»Also, das ist mir schon klar. Ich habe nämlich kein Geld, also ist Sex ja die offensichtliche Alternative und, so möchte ich hinzufügen, auch die bessere Wahl.« Sie zwinkerte ihm zu. »Mach dir keine Sorgen, kleiner Streber. Ich werde deine Welt aus den Angeln heben.«

Sie streckte die Hand nach ihm aus und er wich so schnell zurück, dass er gegen die Wand stieß. »Wir werden keinen Sex miteinander haben.«

»Warum denn nicht?«, fragte sie eingeschnappt. »Sag mir jetzt nicht, du bist verheiratet. Hast du eine Freundin? Das muss der Fall sein. Nur eine eifersüchtige Freundin würde dafür sorgen, dass du dich wie ein verklemmter Spießer anziehst. Mal im Ernst, sieh dir nur an, wie gerade deine Krawatte ist.« Und wieder griff sie nach ihm.

Erneut wich er zurück. »Fassen Sie mich nicht an.«

»Was ist denn los? Hast du Angst, dass dein kleines Weibchen es herausfindet? Du kannst dich duschen, wenn wir fertig sind. Sie wird es nie erfahren. Außer dass sie sich vielleicht wundert, warum du plötzlich ein Tiger im Bett bist. Und deshalb sollte ich dich wahrscheinlich auch besser warnen, dass der Sex mit mir dich für immer für alle anderen Frauen verdirbt.«

»Ich bin nicht verheiratet und wir werden auch keinen Sex haben.« Wie konnte sie es wagen! Ihn mit Sex bestechen zu wollen statt zuzugeben, dass sie bei ihrer Steuererklärung gelogen hatte.

Und wie gut er das abgeblockt hatte. Die Tatsache, dass er den meisten Leuten moralisch überlegen war, bedeutete auch, dass er nicht besonders oft flachgelegt wurde.

»Kein Sex. Verstanden. In der heutigen Zeit kann man nicht vorsichtig genug sein. Schließlich gibt es alle möglichen Krankheiten, aber ich kann dir versichern, dass ich nichts Ansteckendes habe. Aber wenn du dich nicht auf mein Wort verlassen möchtest, kann ich dir natürlich auch einen blasen.«

»Nein.«

»Vielleicht zwei, mit einem Finger im Hintern?«

Er biss die Zähne zusammen. »Miss Goldeneyes,

ich finde dies ausgesprochen ärgerlich. Schließlich bin ich nicht hier, um Spielchen mit ihnen zu spielen.«

»Das ist wirklich schade.« Sie wälzte sich auf den Papieren. »Ich mag Spielchen. Besonders wenn ich auch mal hinlangen darf. Gefällt es dir, wenn man dir auch mal einen Klaps verpasst?« Sie klimperte mit den Wimpern.

Noch nie zuvor war er so in Versuchung gewesen, jemandem einen ordentlichen Schlag auf den Hintern zu verpassen. Stattdessen straffte er die Schultern und sagte in seiner strengsten Stimme: »Suchen Sie bitte die Papiere zusammen und bringen Sie sie zum Küchentisch. Wir werden dort arbeiten.«

»Du willst es auf dem Tisch tun? Das ist ja ziemlich versaut. Das gefällt mir. Sollen wir es machen wie damals bei *9½ Wochen* und den Kühlschrank mit einbeziehen? Ich glaube, ich habe noch eine Flasche Sprühsahne und ein wenig Butter da drin.«

»Und wahrscheinlich auch Schimmel, könnte ich mir vorstellen«, murmelte er.

»Allerdings, dem Käse würde ich nicht zu nahekommen. Ich glaube, er hat bereits kleine Ableger und inzwischen das gesamte Frischhaltefach in Beschlag genommen.«

Seine Nase zuckte, weil sie schon wieder juckte. »Haben Sie eine Katze?«

Sie verzog den Mund zu einem breiten Grinsen. »Ja, die habe ich tatsächlich. Eine große Muschi. Aber wenn man sie erst mal kennt, ist sie sehr freundlich.

Wenn du sie richtig streichelst, könnte sie dich sogar kratzen.«

»Meinen Sie nicht schnurren?«, murmelte er und tat sein Bestes, um die Frau, die ausgebreitet auf dem Bett lag, nicht anzustarren, aber das bedeutete leider auch, dass er die verschiedenen Unterwäscheteile, die auf dem Boden verstreut waren, betrachtete und sich vorstellte, wie sie darin aussah.

»Nein, wenn meine Muschi glücklich ist, faucht und beißt sie.« Sie zwinkerte ihm zu. »Möchten Sie sie kennenlernen?«

Sofort erschienen unanständige Bilder vor seinem geistigen Auge, weshalb seine Stimme auch besonders angespannt war, als er sagte: »Bringen Sie bitte die Belege an den Tisch und sperren Sie Ihre Katze weg. Ich bin heute wirklich nicht in der Stimmung, irgendwelche Muschis zu streicheln.«

Kapitel Zwei

WIE FASZINIEREND. MR. ORDENTLICH UND Korrekt ging weg, und Melly wollte wissen warum. War es, weil er keine Frauen mochte?

Er hatte sie sicherlich bemerkt. Sie war nicht blind. Er fühlte sich zu ihr hingezogen. Sie konnte es in der Luft riechen.

Spielte er den Unnahbaren?

Sie liebte die Herausforderung.

Könnte sein, dass sie nicht sein Typ war. Was ätzend wäre, weil er genau *ihr* Typ war. Ein heißer Streber im Anzug, der nur darum bettelte, dass ihm der Anzug und die tadellos gebundene Krawatte vom Leib gerissen wurden. Und auch die Brille mit dickem Rand würde sie ihm gern runterreißen. Die Steuerbehörde hatte ihr einen heißen Streber geschickt.

Ich könnte mir total gut vorstellen, mit ihm Nummern durchzugehen. Die ganze Nacht lang. Brüll.

»Wie bitte?«, sagte er, da er offensichtlich etwas gehört hatte. Er blickte über seine Schulter. Sie lächelte verrucht.

Er drehte sich schnell weg und setzte sich an ihren Tisch. Er schob Müll beiseite, um eine freie Stelle zu haben, an der er seine Aktentasche abstellen konnte.

Er ließ sie aufschnappen. Sie hoffte irgendwie, eine Schatzkammer zu sehen. Vielleicht ein paar Dildos, Nippelklemmen, Fesseln. Zu ihrer Enttäuschung war sie voller Papiere.

Er zog einen Ordner hervor und schloss den Aktenkoffer mit den zerbrochenen Träumen. Er stellte ihn auf den Boden und legte dann das, was sie für ihre Akte hielt, vor sich ab.

»Sollen wir anfangen?«, wollte er wissen.

Aus Neugier trat sie näher und zeigte mit dem Finger auf die Akte. »Was ist das?«

»Ihr Dossier.«

»Und was steht da drin?«

Während er antwortete, beugte er sich vor und wühlte in seinem Aktenkoffer. »Dass ich gern ein paar Belege sehen würde, über die wir reden müssen.«

Apropos verklemmt. Sie sollte ihm anbieten, ihm Nacktbilder zu schicken. Der arme Mann sah aus, als müsste er sich zur Entspannung ein paarmal einen runterholen.

Der arme Kerl war viel zu steif. Sie brauchte ihre Nase nicht, um zu erkennen, dass sie es mit einem Menschen zu tun hatte. Denn ein Gestaltwandler-

Männchen hätte, wenn es ihre Titten unten und ihren Arsch oben gesehen hätte, etwas Schmutziges getan, wie ihr auf den Hintern zu schlagen oder sich daran zu reiben. Und hätte wahrscheinlich dabei auch eine schwere Verletzung erlitten – sie entschied, wen sie mit ins Bett nahm.

Als sie Mr. Scharfer Streber gesehen hatte, war sie bereit gewesen, ihm die Kleider vom Leib zu reißen, weil sie dachte, sie könnte zwei Fliegen mit einer Klappe schlagen – die Steuerprüfung hätte sich erledigt und sie wäre gevögelt worden.

Aber er hatte Nein gesagt.

Ihr Ego verlangte einen erneuten Versuch. Aber zuerst ... fegte sie den Tisch sauber.

Der Mann zuckte zusammen, als er sah, wie das Zeug auf dem Boden landete.

»Wäre es denn zu viel verlangt gewesen, diese Dinge aufzuräumen?«

Sie blinzelte ihn an. »Aufräumen? Wohin?«

Er zeigte in die jeweilige Richtung. »Kleidung in den Wäschekorb. Geschirr in die Küche.«

»Damit die Haushaltshilfe denkt, ich bräuchte sie gar nicht? Das könnte ich ihr nicht antun.« Sie schüttelte den Kopf.

»Sie haben eine Haushaltshilfe?« Der Blick, den er durch den Raum schweifen ließ, war skeptisch.

»Sie kommt ein Mal die Woche. Sie sagt, ich sei ihre beste Kundin. Ich sorge dafür, dass sie etwas zu tun hat«, gestand sie ihm.

»Das glaube ich«, murmelte er. »Und gehört ihr Lohn auch zu Ihren Ausgaben?«

»Natürlich nicht«, erklärte sie aufgebracht. »Putzarbeiten sind keine Arbeitsausgaben, außer ich arbeite von zu Hause. Selbst ich weiß das.«

»Schön, dass Sie den Unterschied kennen. Also, falls es Ihnen nichts ausmacht«, er tippte auf den Tisch, »die Belege.«

Er war so süß, wenn er energisch war, mit seinem dunklen Haar, das in perfekten klaren Linien kurz geschnitten war. Seine Lippen hätte sie gern mal ordentlich bearbeitet.

Nur leider hatte er Nein gesagt.

Dass er den Mut dazu aufgebracht hatte!

Da er sich nicht umstimmen lassen wollte, ging sie in ihr Schlafzimmer und kam mit einem Arm voller Quittungen und Papieren wieder heraus. Sie warf alles auf den Tisch, ein Teil davon flatterte davon und rutschte herunter, bevor sie sich ihm gegenüber hinsetzte.

»Tada.«

Er wirkte regelrecht verblüfft. Wahrscheinlich hatte er nicht oft Leute wie sie, die ihm gehorchten. Wenn man bedenkt, dass die Leute Angst vor der Steuerbehörde haben. Sie plante, zu kooperieren und es ihm leicht zu machen. Vielleicht durfte sie dann seine Krawatte abnehmen oder zumindest lockern.

Er schnappte sich ein dünnes Blatt Papier und runzelte die Stirn. »Diese Rechnung ist von diesem

Jahr. Ich brauche nur die Rechnungen vom letzten Jahr.«

»Die sind auch hier drin, zusammen mit den Rechnungen vom Jahr davor.«

»Sie meinen, das alles ...« Er seufzte nicht. Sie konnte ihm ansehen, dass er es gern wollte, doch er hielt sich zurück.

Würde sie ihn genug reizen können, sodass er es nicht mehr aushielt? »Ich habe sie alle in einer Schublade in meinem Schlafzimmer. Obwohl es mittlerweile wohl eher die ganze Kommode ist, weil ich schon länger nichts mehr ausgeräumt habe.« Das würde sicher dafür sorgen, dass er durchdreht.

»In Zukunft sollten Sie die Rechnungen nach Jahr und Art der Ausgabe sortieren«, erklärte er, zog einige der Rechnungen heraus und sortierte sie in Stapeln.

»Das hört sich langwierig und langweilig an.« Allerdings hypnotisch. Sie beobachtete seine Hände, ihr Blick war unruhig und sie spürte, wie sie mit dem Hintern sprungbereit auf dem Stuhl hin und her rutschte.

»Ein wenig Organisation würde Ihnen dabei helfen, die Gesetze einzuhalten.«

Wahrscheinlich würde ihm nicht gefallen, was sie zum Thema Gesetze zu sagen hatte, also stützte sie sich auf die Ellbogen, lehnte sich vor und starrte ihn stattdessen an. »Haben Sie auch einen Namen?«

»Theodore Loomer.«

»Was für ein ausgesprochen ernster Name«,

neckte sie ihn. »Für mich sehen Sie mehr aus wie ein Theo.«

»Sie können mich entweder Theodore oder Mr. Loomer nennen.«

»Mr. Loomer. So würde ich einen Lehrer nennen.« Sie zwinkerte ihm zu. »Das gefällt mir. Würde mein Lehrer mir vielleicht gern praktischen Unterricht geben?«

Hätte sie ihn nicht beobachtet, hätte sie leicht verpasst, wie sich seine Nasenlöcher blähten.

»Wenn wir uns jetzt bitte wieder auf das Eigentliche konzentrieren können. Sollen wir über Ihre Steuerrückerstattung reden?«

»Ich würde lieber über Sie reden. Warum sind Sie ausgerechnet Steuerprüfer geworden? Macht es Ihnen Spaß, gehasst zu werden? Ist das vielleicht ein Fetisch für Sie?«

Ein nervöses Zucken um seine Mundwinkel brachte sie zum Lächeln.

»Ich kenne mich gut mit Zahlen aus.«

»Ich könnte wetten, nicht nur mit Zahlen«, knurrte sie.

Sie beobachtete ihn noch immer, deswegen entging ihr auch nicht, wie sein Körper sich verspannte. Theodore mochte vielleicht Nein sagen, doch der Mann in ihm fühlte sich durchaus angesprochen von ihren Reizen.

»Fangen wir mit den Grundlagen an. Name und Geburtsdatum.«

»Stehen die nicht vor Ihnen auf dem Zettel?« Sie beugte sich über den Tisch und zeigte darauf.

»Ich wollte das nur bestätigen.«

»Sie sind in meiner Wohnung. Wie viel mehr Bestätigung benötigen Sie denn?«

»Sind Sie Melly Goldeneyes?«

»Ja.«

»Ist das eine Abkürzung?«

»Nein, ich heiße nur Melly. Meine Mutter ist nicht so für zweite Vornamen oder komplizierte Rufnamen.«

»Geburtsdatum?«

»Das verrät eine Dame nicht.« Sie kicherte. »Aber wir wissen ja beide, dass ich keine Dame bin. Ich habe am einunddreißigsten Juli neunzehnhundertirgendwasneunzig Geburtstag.«

Er sah sie an.

Sie zuckte mit den Achseln. »Mama ist sich nicht so sicher, wann ich geboren wurde. Sie hat mich im Wald bekommen und wusste nicht, welches Jahr es war.«

»Hier steht fünfundneunzig.« Er tippte mit dem Kuli darauf.

»Gut. Einigen wir uns darauf.«

Er seufzte und sie verzeichnete das als kleinen Sieg. »Sind Sie ledig oder verheiratet?«

»Ledig, aber auf der Suche. Allerdings bis jetzt erfolglos. Ich habe es mal mit der App probiert, bei der man nach links oder rechts wischen muss, je nachdem, ob man interessiert ist oder nicht. Aber die meisten der

Jungs wollen nur etwas für eine Nacht und das gefällt mir nicht. Ich finde, Sex sollte eine Bedeutung haben.«

Er schnaubte. »Es ist schon witzig, dass Sie das sagen, obwohl sie mir vor zehn Minuten Sex angeboten haben.«

»Sex, damit ich um die Steuerprüfung herumkomme, hätte eine Bedeutung gehabt. Mal ganz zu schweigen davon, dass ich zu Gott oder sonst einer Gottheit gefunden hätte, mit Ihnen in mir.«

Jetzt zitterte er definitiv.

Sie grinste. »Aber Sie haben ja Nein gesagt.« Sie sagte es fröhlich. »Warum haben Sie Nein gesagt? Oder sollte ich Ihnen lieber meinen Cousin Bertrand vorstellen? Er ist ungefähr so alt wie ich und hat rund fünfundzwanzig Zentimeter –«

Er fiel ihr ins Wort. »Zum letzten Mal, ich habe kein Interesse an Sex. Weder mit Ihnen noch mit sonst wem.«

»Also, deswegen müssen wir nicht gleich unfreundlich werden.« Sie antwortete vielleicht ein wenig frech, doch das lag hauptsächlich daran, dass er es leugnen konnte, so viel er wollte. Sie wusste, dass er log.

»Können wir uns jetzt wieder Ihren Steuern widmen?«

»Wenn es sein muss.« Sie lehnte sich in ihrem Stuhl zurück und fing an, damit zu kippeln.

»Sie haben letztes Jahr Einkünfte in Höhe von dreiundachtzigtausend Dollar angegeben.«

»Das habe ich.«

»Mit Ausgaben von rund vierundsiebzigtausend.«

»Na und?«

»Das ist fast Ihr gesamtes Einkommen.«

»Ja und?«

»Das ist unmöglich. Schon allein die Abzahlung für die Wohnung und die Nebenkosten würden ein Drittel davon ausmachen.«

»Ich muss die Wohnung nicht abbezahlen.«

Er betrachtete sie. »Die Wohnung gehört Ihnen?«

»Nein. Die Familie leiht sie mir. Umsonst.«

»Selbst wenn Sie nichts für die Wohnung zahlen, haben Sie noch andere Ausgaben. Telefon, Lebensmittel und Versicherungen.«

»Das wird alles von der Firma übernommen.«

»Die Pride Group bezahlt all diese Sachen?« Er schien erstaunt zu sein.

»Jeder, der in diesem Haus wohnt, bekommt alles bezahlt. Wir haben hier ziemlich viel Glück. Arik war bis jetzt wirklich großartig.« Sie redete und er machte sich Notizen.

»Das erscheint mir aber sehr großzügig.«

»Was soll ich sagen? Arik wird in seiner Familie als König betrachtet.« Auf mehr als nur eine Art.

»Und worin genau besteht Ihr Job bei der Firma?«

Sie richtete sich auf ihrem Stuhl auf. »Was auch immer er braucht. Wenn ich Glück habe, habe ich Sicherheitsdienst.«

»Sie?« Er betrachtete sie jetzt eingehender als zuvor.

Sie achtete darauf, tief zu atmen und ihre Brust rauszustrecken. »Man muss nicht groß sein, um mächtig zu sein. Ich bin mehr die Art von Person für einen Insider-Job.«

»Was für eine Art von Sicherheitsdienst?«

»Piraten im Geschäft.« Mr. Scharfer Streber Loomer musste ja nicht wissen, dass es sich buchstäblich um Ratten handelte. Allerdings waren deren Künste im Hacken bei Weitem nicht so ausgereift wie ihre.

Er nahm ein Blatt Papier, das neben einem der Stapel lag, und betrachtete es. »Können Sie mir erklären, wofür dieser Beleg ist?«

Und natürlich hatte er sich den mit dem größten Betrag herausgesucht. Der Blick hinter seiner Brille war ernst.

»Das ist ein Beleg für zehntausend Kugeln Munition.« Die Tatsache, dass er so süß war, war schuld daran, dass sie die Wahrheit sagte, statt das, was sie geübt hatte.

»Munition.« Er starrte die Rechnung an. »Munition wofür?«

»Schießübungen. Ich versuche, mich im Schießen zu verbessern, damit ich nicht immer am Schreibtisch arbeiten muss. Ich muss so häufig am Computer sitzen, dass es echt nicht mehr lustig ist.«

Einen Moment lang öffneten sich seine Lippen und er murmelte: »Das Gefühl kenne ich.«

»Jedenfalls habe ich mir gedacht, wenn ich einen Truthahn auf zwanzig Meter Entfernung ins Auge treffen kann, dann kann ich so ziemlich alles schaffen. Deswegen habe ich die Rechnung des Schießstandes auch irgendwo in dem Haufen. Ich habe eine Jahresmitgliedschaft.« Sie wühlte durch die Papiere.

»Wenn es sich um ein Hobby handelt, können Sie es nicht von der Steuer absetzen.«

»Ich habe nie behauptet, es sei ein Hobby.« Sie nahm ihre Weiterbildung und den Ausbau ihrer Fähigkeiten sehr ernst. Sie wollte neben der Hackerarbeit am Computer auch Feldarbeit leisten.

Er schnappte sich eine weitere Rechnung und wedelte damit herum. »Und was ist damit? Wofür ist der Beleg?«

»Einen Raketenwerfer.«

Er machte eine kurze Pause, bevor er fragte: »Und wozu brauchen Sie einen Raketenwerfer?«

»Weil es Spaß macht?«

»Und auf was genau schießen Sie?«

»Meistens nur Übungsziele. Aber man weiß ja nie, wann ich mal im Rahmen meines Jobs einen Hubschrauber vom Himmel holen muss.«

»Solche Sachen passieren nur in Filmen.«

»Wenn Sie es sagen.« Es gab keinen Grund preiszugeben, dass sie ein ausgezeichnetes Team hatten, dessen einzige Aufgabe es war, ihre Geheimnisse zu bewahren und Straftaten verschwinden zu lassen – oder die Tatsache, dass jemand ein bisschen zu enthusiastisch bei der Beschützung des Rudels war. Es gab nicht eine einzige Online-Spur in Bezug auf den Angriff der Löwen auf der Fifth Street. Alle Spuren, dass magische Pilze in der Soße vom Roastbeef-Thanksgiving-Essen gewesen waren, waren nach einigen Stunden beseitigt gewesen.

»Das tue ich. Außerdem glaube ich, dass Sie lügen. Diese Belege sind nicht für Munition und Waffen.«

»Ob Sie mir glauben oder nicht, ich habe Ihnen gesagt, worum es sich handelt. Jetzt liegt es bei Ihnen.«

»Wie wäre es, wenn ich sie als unzulässig zurückweise?«

»Aua, das ist aber hart. Sie werden noch die Gefühle der armen Sachen verletzen.« Sie nahm den Beleg für den Flammenwerfer an sich, den sie einfach hatte haben müssen.

Er lachte nicht. Dieser Typ hatte wirklich einen Stock im Hintern.

»Nicht zulässig. Nicht zulässig.« Er legte einen Beleg nach dem anderen auf einen immer größer werdenden Haufen.

Das ärgerte sie. »Hey, weisen Sie etwa einfach alles zurück?«

»Weil sie alle nicht zulässig sind. Die sind alle für Körperpflege. Das können Sie nicht von der Steuer absetzen.« Er wedelte mit den rosafarbenen Rechnungen für ihre monatlichen Maniküren und Pediküren.

»Da bin ich aber anderer Meinung. Wie soll ich meinen Job machen, wenn meine Klauen nicht scharf sind?«

Er betrachtete ihre Hände und den korallenroten Nagellack auf ihren Fingernägeln. »Ich bezweifle stark, dass es zu Ihrem Aufgabenbereich gehört, Leute zu kratzen.«

»Ich hoffe sehr, dass das nicht sexistisch gemeint war.«

Er betrachtete sie. »Ich bin durchaus davon überzeugt, dass Sie dazu in der Lage sind, sich selbst zu verteidigen.«

»Das kann ich auf jeden Fall, hätte ich allerdings einen Mann, würde ich all das Beißen und Kratzen für ihn aufheben.« Sie zwinkerte ihm so vielsagend zu, wie sie konnte.

Er ging überhaupt nicht darauf ein. »Sie können Ihre Maniküre nicht von der Steuer absetzen.«

»Aber es ist wirklich die Hölle für die Hände, so viel Munition abzufeuern.«

Er starrte sie böse an. Fast hätte sie ihn dafür geküsst, so süß sah er dabei aus. Dieser Mann war wirklich absolut faszinierend.

»Ich sehe immer noch keinen Zusammenhang zwischen dem Abfeuern von Waffen und Ihrer Arbeit.«

»Weil ich doch im Sicherheitsdienst tätig bin.«

»Nein, sind Sie nicht. Laut meinen Informationen arbeiten Sie in einem Restaurant als Bedienung.« Er zeigte auf eine Kopie des Steuerbescheids, den sie eingeschickt hatte.

»Okay, das mit dem Sicherheitsdienst ist noch nicht Vollzeit.« Noch nicht mal ganz Teilzeit, da Arik die guten Jobs lieber an die erfahreneren Mitglieder des Rudels verteilte. »Aber ich muss schließlich bereit sein. Wissen Sie eigentlich, wie viele Filme ich gesehen habe, in denen es die Bedienung zuerst erwischt? Das werde ich nicht zulassen. Deswegen habe ich auch eine halbautomatische Waffe unter einem der Tische versteckt. Falls jemand versucht, so was wie *Stirb Langsam* in meinem Büro abzuziehen, jage ich denjenigen in die Luft!«

Anstatt beeindruckt auszusehen, machte er sich eine weitere Notiz und der Stapel mit den zurückgewiesenen Belegen drohte schon umzufallen. »Körperpflege und Munition für Ihr Hobby lassen sich nicht von der Steuer absetzen.«

»Aber sie sind wirklich für die Arbeit.«

»Wollen Sie etwa zugeben, dass Sie für die Arbeit als Sicherheitsexpertin bezahlt wurden und es in der Steuererklärung nicht angegeben haben?«

»Ich bin mir nicht ganz sicher, worauf Sie hinauswollen, aber wenn Sie damit andeuten wollen, dass ich zwei Jobs habe ...« Sie rümpfte die Nase. »Es ist schon schlimm genug, dass ich pünktlich zu einem auftauchen muss. Kommt überhaupt nicht infrage, dass ich mir einen zweiten Job hole. Ich melde mich freiwillig zum Sicherheitsdienst, um meine Schicht im Restaurant schwänzen zu können. Ich bin viel zu hübsch, um drinnen zu arbeiten.« Sie warf sich ihr dunkles Haar über die Schulter, für das sie von all ihren Freundinnen beneidet wurde, da die anderen alle blondes Haar in verschiedenen Farbtönen hatten. Sie stach hervor, und das gefiel ihr.

»Ich weiß, dass Sie in Bezug auf Zusatzzahlungen lügen, denn wie sonst sollten Sie sich Kleidung und Nahrungsmittel leisten?«

»Das Unternehmen kümmert sich darum.«

Er legte den Kugelschreiber weg und sah sie ernst an. »Miss Goldeneyes, wenn das Unternehmen sich um alles kümmert, warum bekommen Sie dann überhaupt einen Gehaltsscheck?«

»Zum Spaßhaben natürlich.« Sie wusste, dass sie Grübchen hatte, wenn sie lächelte.

Und Mr. Scharfer Sonderling schien es auch zu bemerken und schob sich die Brille hoch. »Aha, aber Sie haben gerade behauptet, Sie würden für die Arbeit schießen!«

»Sie haben mich erwischt. Die Munition ist vielleicht nicht vollständig für die Arbeit. Keine große Sache, wir nehmen sie einfach von der Abrechnung.«

»So einfach ist das nicht.«

»Natürlich ist es das. Mein Vorschlag steht noch: Ich blase Ihnen dreimal einen, dann machen wir es mit mir oben und Sie dürfen mir sogar den Finger in den Popo stecken.«

»Nein!« Er fing wieder an, sich Notizen zu machen.

»Was, wenn ich meinen Latexanzug trage, der an strategischen Punkten Löcher hat?«, flüsterte sie in anzüglichem Ton.

»Miss Goldeneyes, Sie werden mich noch dazu bringen, Sie wegen sexueller Belästigung anzuzeigen.«

»Vielleicht sollte ich eine Anzeige erstatten, weil Sie mir keine andere Wahl lassen.« Sie streckte schmollend die Unterlippe vor.

»Wir haben hier noch einiges zu tun.«

»Und wie wäre es, wenn das nicht der Fall wäre und wir uns zum ersten Mal begegneten?«

»Nein.«

»Und in einer Zombie-Apokalypse, in der wir die einzigen beiden Überlebenden sind?«

»Zombies gibt es nicht.«

»Sagen Sie das nicht zu dieser Laveau-Tante, die gerade zu Besuch ist. Die erzählt ständig, dass ihre Urgroßmutter eine Hexe war.«

»Wenn Sie sich auf Madame Laveau beziehen, so war sie den Erzählungen zufolge mehr als nur eine Voodoo-Königin, eher eine Totenbeschwörerin von großem Ansehen. Eine Nekromantin –«

»Die Tote zum Leben erweckt.« Sie verdrehte die Augen. »Hallo. Auch Mädchen spielen Dungeons & Dragons, wissen Sie.«

»Ich tue es nicht.«

»Spiele spielen oder mit Mädchen spielen?«, neckte sie ihn absichtlich.

»Kommen wir auf die Munition zurück. Wo haben Sie diese Munition gekauft? Auf dem Beleg stehen die Bestellnummer und die Anzahl. Es gibt weder einen Firmennamen noch eine Adresse.«

»Das liegt daran, dass Marney für ihre Waren nicht so gern Rechnungen ausstellt.«

»Und wer ist Marney?«

»Niemand.« Verdammt, sie hatte nicht vorgehabt, den Namen ihres Verkäufers laut auszusprechen. Sie hatte ihr Mundwerk wieder nicht unter Kontrolle. Sie würde vorsichtiger sein müssen. Dieser Streber brachte sie dazu, Dinge zu sagen, die sie nicht zugeben wollte.

»Niemand hat Ihnen die Munition verkauft?«

Sie wedelte vorwurfsvoll mit dem Finger in seine Richtung. »Sie haben ja einige Tricks drauf, Sie Bücherwurm.«

»Haben Sie mich gerade beleidigt?«

»Ich habe nur angedeutet, dass Sie schlau sind, also habe ich Sie nicht wirklich beleidigt. Nächste Frage.«

Sein Ausdruck wurde sogar noch abweisender. »Was für eine Art von Sicherheitsdienst benötigt Pride Industries, dass Sie den Eindruck haben, diese Art von Training zu brauchen?«

Es war eine subtile Frage, doch nun passte sie besser auf. »Sie wissen, wie es in der Welt der Haarprodukte ist. Knotig. Deshalb möchte er, dass unsere

Sicherheit gepflegt wird. Haben Sie den Witz verstanden?«

Nach seinem Gesichtsausdruck zu urteilen anscheinend nicht. »Wenn man bedenkt, dass Sie eine Bedienung sind, sind dreiundachtzigtausend Dollar im Jahr ein hübsches Sümmchen.«

»Nur wenn man in einem Fastfood-Restaurant arbeitet. Das *Lion's Pride Steakhouse* ist ein erstklassiges Restaurant.«

»Es handelt sich um ein Steakhaus.« Der kleine Streber hätte fast verächtlich gelächelt. Wie süß.

»Mögen Sie kein Fleisch? Ich liebe Fleisch. Daran zu kauen. Damit zu spielen. Es zu jagen und es anzuspringen.« Sie klimperte mit den Wimpern und leckte sich über die Lippen, um ihn abzulenken, doch er blieb völlig unbeeindruckt.

Übertrieb sie es vielleicht? Er als Mensch hätte ihrem Charme bereits erliegen müssen. Vielleicht war sie einfach zu weit von ihm weg. Sie musste ihm näherkommen.

Sie war schon halb über den Tisch geklettert, als er rief: »Was machen Sie da?«

Sie blickte an sich herab. Da hatte sie sich vielleicht für einen Augenblick vergessen. Daran war der Streber schuld. Er roch einfach so gut.

Wirklich gut. Sodass sie ihn am liebsten von Kopf bis Fuß abgeschleckt hätte. Dass sie ihn am liebsten im Maul herumgeschleppt und jeden angeknurrt hätte, der in ihre Richtung schaute.

»Ich dachte, ich komme rüber und helfe Ihnen beim Sortieren der Rechnungen.« Sie ließ sich auf einen Stuhl neben ihm fallen.

Er rückte von ihr weg.

Oh, wie süß. Sie machte diesen Menschen nervös. Nur dass er eben weder zitterte noch stotterte. Sehr merkwürdig.

Sie beugte sich zu ihm und –

Hatschi!

Er nieste. Sehr stark.

»Sind Sie erkältet?«, fragte sie. Nicht dass es ihr etwas ausgemacht hätte. Sie hatte ein wahnsinnig gutes Immunsystem, aber sie wollte nichts mit dem Rotz zu tun haben, der aus Menschen herauskam, wenn sie erkältet waren.

»Ich habe eine Allergie. Wahrscheinlich liegt es an der Katze, die Sie erwähnt haben.«

»Sie haben eine Katzenallergie. Das ist unbezahlbar«, erklärte sie kichernd. »Besonders weil meine große, haarige Muschi gern herumtollt und überall ihre Haare auf den Möbeln verteilt.«

Er sah vollkommen schockiert aus. »Wie können Sie das zulassen? Ich verstehe es einfach nicht.«

»Was verstehen Sie nicht?«

»Wie können Sie so eine haarige Kreatur an Ihre Sachen lassen? Auf Ihren Schoß? Da ist ja niemals irgendetwas richtig sauber.«

»Ist Sauberkeit Ihnen wichtig, Theo?«, schnurrte sie und lehnte sich zu ihm.

»Ja, genauso wie es mir wichtig ist, meinen Job zu machen.« Er stand von seinem Stuhl auf. »Da Sie ja ganz offensichtlich noch nicht für mich bereit sind, komme ich zu einem anderen Zeitpunkt noch mal wieder.«

»Wann?«

»Ich habe morgen einen Termin mit jemand anderem hier im Haus. Vielleicht danach?«

»Bei wem?«, fauchte sie, nur um gleich darauf zu lächeln. »Ich meine, wie stehen die Chancen, dass mehr als einer von uns Ihre Aufmerksamkeit verdient?« Sie klimperte wieder mit den Wimpern.

Doch er schien dagegen immun zu sein und hatte immer noch seine Hose an. »Sortieren Sie bitte für morgen all die Belege vom letzten Jahr. Wir gehen sie dann morgen durch. Sagen wir so um drei?«

Sie schüttelte den Kopf. »Daraus wird nichts. Wie wäre es heute Abend, neunzehn Uhr? In dem Steakhaus, das Sie gerade runtergemacht haben.«

»Ein Restaurant ist wohl kaum der richtige Ort für solche Sachen.«

»Wir gehen dorthin, weil ich etwas zu essen brauche und Sie auch, und das nächste Mal, wenn Sie über unser Steakhaus sprechen, dann sicher mit einem Lächeln. Mal ganz abgesehen von der Tatsache, dass Sie dann vielleicht verstehen, warum ich für meinen Job als Bedienung einen Totschläger brauche.«

»Sie wollen einen Totschläger von der Steuer absetzen?« Er warf dem Stapel mit den Belegen, die sie noch nicht durchgegangen waren, einen schiefen Blick zu.

»Tja, so werden sie genannt, aber die sind eher aus so einer Art Aluminium. Manche Sachen, die da drin sind, kann ich gar nicht aussprechen, aber immerhin sind sie ziemlich solide. Nur das Beste für meine Arbeit.«

»Was Sie brauchen, ist ein Buchhalter.«

»Lustig, dass Sie das sagen, denn der Buchhalter, den ich hatte, hat gesagt, ich bräuchte einen neuen Halter.« Und das könnte auch der Grund dafür sein, warum sie jetzt einen neuen Buchhalter brauchte. Da sie sich zum Spaß in Computer einhackte, war es nicht schwer, einen Weg zu finden, wie ihre Sachen mit Hilfe der Geldüberweisungen von ihren verschiedenen Konten automatisch sortiert und abgelegt werden konnten. Aber ihre Programmierung ließ sie im Stich, da sie versteckte Käufe nicht von echten unterschied. Für ziemlich viele Sachen, die das Programm von der Steuer abgezogen hatte, musste sie sich auf die Suche nach dem eigentlichen Beleg machen. In einigen Fällen improvisierte sie.

Manche mögen sich fragen, warum sie sich nicht ins Finanzamt gehackt und ihren Namen reingewaschen hatte. Das konnte sie, es war gar nicht so schwer, und sie war ziemlich gut darin, nicht erwischt zu werden. Meistens. Sie erinnerte sich noch gut an die Strafe, als Arik herausgefunden hatte, dass sie mit dem Luftraumverteidigungssystem der Regierung gespielt hatte. Sie hatte nichts weiter getan, als ein paar Raketen für ein richtiges Feuerwerk abzufeuern. Das war keine große Sache. Arik hatte mit der Pfote auf den Tisch geschlagen und sie zum Latrinendienst verdonnert; auch bekannt als das Reinigen der öffentlichen Toiletten im Erdgeschoss der Wohnanlage. Davon hatte sie immer noch Albträume.

»Vielleicht hätten Sie besser auf ihn hören sollen, denn Sie wissen offensichtlich nicht, wie Sie sich alleine darum kümmern können.« Er beäugte ihre Wohnung mit klarer Missbilligung, als er aufstand, und ging behutsam zur Tür.

Sein Unbehagen brachte sie dazu, dass sie ihn am liebsten abgeschleckt hätte, um zu sehen, was als Nächstes geschah. Würde er wie ein Baby schreien? Würde er zur nächsten Dusche laufen, um sich einzuseifen? Sich in ein leidenschaftliches Biest verwandeln, das sie an die Wand gedrückt nahm?

»Ich kann es kaum erwarten, dass Sie mir beim Essen die Leviten lesen«, erklärte sie, während er zur Tür ging.

»Sorgen Sie einfach dafür, dass Sie morgen Ihre Papiere beisammenhaben«, war seine trockene Antwort, als er ging und die Tür hinter sich schloss.

Sie lief zur Sicherheitskonsole, schaltete sie kurz ein und drückte auf den Knopf mit der Aufschrift *Flur*. Mit langen Schritten wandte er sich den Gang hinunter zum Aufzug. Würde er tatsächlich gehen? Sie lief zu den im Wohnzimmer verstreuten Fernbedienungen. Sie stürzte sich auf das Tablet, das unter einem Kissen hervorlugte, und lud schnell ihre Menüoptionen. Die Aufnahmen der Sicherheitskameras in der Eingangshalle wurden geladen, insgesamt vier: eine beim Aufzug, je eine beim Schreibtisch und in der Empfangshalle, die letzte an der Eingangstür.

Sie beobachtete Mr. Theodore Loomer beim Verlassen des Gebäudes in aufrechter Haltung, wobei er nicht einmal den Kopf wendete, um sich umzusehen. Und das bedeutete, dass er die Frauen nicht sah, die auf den Rand ihrer Sitze gekauert saßen und ihn beobachteten.

Erst als Melly wusste, dass er weg war, stolzierte sie die Treppe hinunter in die Eingangshalle und sofort wurde es still, als sie ankündigte: »Mädels, wir haben ein Problem.«

Kapitel Drei

Es gab ein Problem. Trotz seiner Aufgabe, Finanzen und die daraus resultierenden Bedrohungen aufzudecken, fand Theodore sich um fünf vor sieben vor dem Steakhaus wieder. Es war seine Gewohnheit, ein paar Minuten zu früh zu kommen, damit er die Dinge überprüfen konnte.

Das *Lion's Pride Steakhouse* war ein bekanntes Restaurant, das – keine Überraschung – der Pride Group gehörte – die ihr Geld ausgerechnet mit Luxushotels und Haarprodukten verdiente. Dennoch schienen sie ein wenig zu erfolgreich zu sein. Angesichts einiger Dinge, die er aus den Akten herausgefunden hatte, wusste er genau, dass sie auch mit zwielichtigen Dingen zu tun hatten. Wenn er das Geheimnis aufdecken könnte, würden ihm eine Beförderung und eine Gehaltserhöhung winken.

Es gab ein paar Möglichkeiten, wie er das Problem

angehen konnte. Da war der eigentliche Aspekt des Steuerbetrugs, der am offensichtlichsten und einfachsten war. Die Munition selbst war Schwarzmarktware und daher waren keine Steuern gezahlt worden. Und dann waren da noch die Machenschaften, die die Pride Group verbarg. Es musste etwas Großes sein, denn Melly Goldeneyes schien es ziemlich ernst zu meinen, als sie behauptete, sie hätte Waffen für die Arbeit gekauft und damit trainiert.

Schlagring. Wie konnte ein hübsches und zierliches Ding wie sie erwarten, dass er glaubt, sie würde mit bloßen Fäusten kämpfen?

Und was für eine Angestellte dachte, dass sie Hubschrauber abschießen müsste, um ihre Arbeit zu erledigen?

Das Dröhnen eines Motors veranlasste ihn aufzublicken, sodass er das einzelne Licht sah, das auf ihn zukam. Das Motorrad kam mit kreischenden Bremsen zum Stillstand und er wusste sofort, wer auf dem Sitz der großen Maschine saß. »Theo! Da bist du ja, und auch überpünktlich, möchte ich wetten.« Sie schwang ein Bein vom Motorrad und schälte ihren rosa Glitzerhelm ab. Sie schüttelte ihr dunkles Haar. Die Lederjacke und die Jeans, die sie trug, waren ziemlich eng. Ihre Stiefel waren vorne etwas abgewetzt.

Sie hätten nicht weniger zusammenpassen können. »Guten Abend, Miss Goldeneyes.«

»So formal, Theo. Nenn mich doch Melly. Aber

nenn mich nicht sexy, sonst springe ich dich an. Auf verruchte Art natürlich.« Sie zwinkerte ihm zu.

Er versuchte, das Gespräch in eine andere Richtung zu lenken. »Hast du die Sachen geordnet und dabei, um die ich dich gebeten habe?«

»Nein.«

»Warum nicht?«

»Du willst mir ja doch nur sagen, dass ich nichts davon absetzen kann, wozu soll das also gut sein?«

»Die Sache ist die: Ohne diese Belege schuldest du dem Finanzamt Tausende von Dollar.«

»Bla, bla, bla. Reden wir später übers Geschäft«, sagte sie. »Bist du bereit für das beste Steak deines Lebens?«

Er hatte eigentlich nicht vorgehabt zu essen. Er hatte geplant, sie dazu zu bringen, ihm die Belege zu übergeben, und dann einen nach dem anderen abzuschmettern, sodass sie vor die Wahl gestellt wurde, für ihre Verbrechen zu zahlen oder jemand anderen zu verraten.

Als sie stattdessen nach seiner Hand griff, folgte er ihr gefügig, während sie ihn hineinführte. Sie sah nicht hin, bevor sie ihren Helm in Richtung Garderobe warf und schrie: »Wir sind da, Clara.«

Clara zeigte ihr den Mittelfinger und fing mit der anderen Hand den Helm auf.

Melly wartete nicht darauf, dass ihr ein Tisch zugewiesen wurde. Sie führte ihn stattdessen vom Speisezimmer, das halb voll war, durch eine

Schwingtür in einen noch größeren Speisesaal. Hier drinnen ging es auch ein wenig belebter zu, zumindest bis sie reinkamen. Zu viele Augenpaare richteten sich auf ihn. Bildete er sich das ein oder glühten ein paar davon golden?

Melly winkte. »Hey, Mädels. Das hier ist mein neuer Freund Theo, der Typ vom Finanzamt, von dem ich euch erzählt habe.«

Ein guter Teil des Raumes leerte sich schlagartig. Er blinzelte und dann waren sie verschwunden. Er würde sich nie daran gewöhnen, mit welch großer Furcht die meisten Leute reagierten, wenn sie jemanden kennenlernten, der für das Finanzministerium arbeitete. Man musste nur die Gesetze befolgen, den Papierkram richtig ausfüllen und korrekt Steuern zahlen. So schwer war das ja nun wirklich nicht.

Aber anscheinend war es schon ziemlich schwer, sonst gäbe es ja auch nicht so viele Fälle, denen er nachgehen musste.

Melly schien es überhaupt nichts auszumachen, dass die Tatsache, dass sie ihn mitgebracht hatte, dafür gesorgt hatte, dass sich fast das gesamte Restaurant leerte. Stattdessen nahm sie ihn bei der Hand und führte ihn zu einem der kürzlich frei gewordenen Tische in der Mitte des Raumes.

Sofort juckte es ihn am ganzen Körper. Auch seine Nase juckte. Ließ man hier etwa Tiere ins Restaurant? Jemand sollte ihnen das Gesundheitsamt auf den Hals hetzen.

Bevor er niesen konnte, drückte Melly ihm etwas in die Hand. Eine kleine rosa Pille.

Er winkte ab und schüttelte den Kopf. »Ich nehme keine Drogen.«

»Das ist gegen deine Allergie.«

»Es geht mir gut.«

»Bitte. Deine Augen fangen schon an zu tränen und du siehst so aus, als würde dir vom Niesen gleich die Lunge platzen.«

»Ich nehme keine Medikamente von dir an.«

»Warum nicht?«

»Deshalb.«

Ihre Lippen verzogen sich zu einem Lächeln. »Willst du damit sagen, du vertraust mir nicht? Du bist ein schlauer Kerl. Aber die Sache ist die: Wenn ich dich unter Drogen setzen wollte, würde ich es nicht so auffällig tun. Ich würde dir irgendwas ins Wasser tun oder ins Essen.«

»Ich werde es mir merken.«

»Ich würde meine netten Drogen auch nicht an jemanden verschwenden, der sie nicht zu schätzen weiß.«

»Du nimmst Drogen?«

»Manchmal, aber nur, wenn es sicher ist. Arik hat strenge Regeln, wenn es darum geht, die Kontrolle in der Öffentlichkeit zu verlieren. Die sozialen Medien ruinieren noch den ganzen Spaß.« Sie zog die Mundwinkel runter.

»Danke, aber nein danke.« Er gab ihr die Pille

zurück und seine Hand streifte ihre. Es durchfuhr ihn wie ein elektrischer Schock und er sah sie entgeistert an.

Jemand im Zimmer machte Würgegeräusche.

Und damit war der besondere Moment vorbei. Er setzte sich und stellte seine Aktentasche auf den Boden. »Wenn du dich dazu entschlossen hast, überhaupt keine Dinge von der Steuer abzusetzen, ist dieses Treffen wirklich völlig unnötig.« Und er würde sich um die nächste Person auf der Liste kümmern. Vielleicht wäre an denjenigen leichter heranzukommen.

»Na ja, ich mache mir jetzt schon ziemliche Gedanken darüber, was ich von der Steuer absetzen kann und was nicht. Schließlich sagst du zu den ganzen guten Sachen Nein. Als Nächstes versuchst du noch, mir weiszumachen, dass eine Fortbildung in der Herstellung von Munition nicht als Weiterbildung gilt.«

Er widerstand dem Drang, seine Brille abzunehmen und sich in die Nase zu kneifen. Das tat sie doch mit Absicht. Völlig mit Absicht. Sie benahm sich lächerlich in der Hoffnung, er würde einfach abhauen. Aber das konnte er nicht. Er sah sie an. »Das ist nicht witzig.«

»Das habe ich auch nie behauptet.«

»Du hast einfach total viele Sachen auf der Liste, die keinen Sinn ergeben. Und ein Kurs zum Herstellen von Munition kann tatsächlich nicht als Weiterbildung gewertet werden.«

»Selbst wenn die Firma dadurch Geld spart?«, konterte sie.

»Stellt Pride Industries denn Munition her?«

»Nein.« Und er konnte ihr am Gesicht ablesen, dass sie sich wünschte, das Unternehmen täte es.

Was für eine merkwürdige Frau.

»Da es nichts mit deiner Anstellung bei der Firma zu tun hat und da es sich um ein Hobby handelt, kannst du es nicht von der Steuer absetzen.«

»Das war ja klar. All die Dinge, die mir helfen würden, die Zombie-Apokalypse zu überleben, werden von der Regierung unterdrückt. Ich schwöre, es fühlt sich fast so an, als würden sie das mit Absicht machen. Dass sie uns davon abhalten zu lernen, wie wir uns selbst verteidigen können, und uns unsere Waffen nehmen.«

»Du darfst durchaus lernen, wie man schießt, du kannst es eben nur nicht von der Steuer absetzen.«

»Na gut«, sagte sie eingeschnappt. »Könntest du es aber bitte niemandem sagen? Ich meine, ich bekomme sowieso schon Schwierigkeiten, wenn Arik nämlich herausfindet, dass ich keinen Buchhalter benutzt habe, um meine Steuererklärung zu machen.« Sie zog sich den Finger über den Hals.

Und sofort konzentrierte er sich darauf. »Hast du Angst, er könnte dir was tun?«

»Als würde Arik mir jemals etwas tun.« Sie lachte so laut, dass sie fast vom Stuhl gefallen wäre.

»Ein einfaches ›Nein‹ hätte auch gereicht«, erklärte Theodore steif.

»Aber du bist so süß, wenn du Blödsinn redest.«

Die Beleidigung, die sie in diesem Kompliment verpackt hatte, gefiel ihm, verärgerte ihn gleichzeitig aber auch. »Aufgrund deiner eigenen Aussage gehe ich davon aus, dass dein Arbeitgeber keine Ahnung davon hat, dass du Steuern hinterzogen hast.«

»Sag gar nichts, Melly.« Eine Frau beugte sich über ihren Tisch und lächelte ihn an. Ihre olivfarbene Haut wurde von goldenem Haar und grünen Augen akzentuiert.

»Entschuldigen Sie bitte?« Theodore sah die Frau, die ihn so unhöflich unterbrach, stirnrunzelnd an. Das schien sie jedoch nicht weiter zu beeindrucken, denn sie glitt auf die Sitzbank neben Melly.

»Hast du gefurzt?«, fragte die Fremde.

Er starrte sie sprachlos an und stotterte dann: »N-n-nein.«

»Das dachte ich auch nicht. Das hätte ich sonst gerochen. Warum entschuldigst du dich dann?«

»Ich habe versucht, höflich Protest einzulegen gegen die rüde Unterbrechung unserer Unterhaltung.« Theo, der offensichtlich einen Stock im Hintern hatte, saß kerzengerade auf seinem Platz.

»Aber es gibt keine Unterhaltung, weil Melly nicht so dumm ist, die Angelegenheiten von Pride mit

Außenstehenden zu diskutieren, stimmt's?« Der Blick aus diesen grünen Augen richtete sich auf Melly, die kein bisschen eingeschüchtert wirkte.

»Er ist beim Finanzamt.«

»Elender Blutsauger«, murmelte die Frau.

»Beachte Zena gar nicht«, erklärte Melly ihm. »Sie ist gegen die Regierung eingestellt.«

»Und außerdem bin ich auch die beste Anwältin von Pride Industries, und das bedeutet, dass Sie erst an mir vorbeimüssen, wenn Sie Melly Fragen stellen wollen.«

»Sie ist ja nicht verhaftet«, lautete seine steife Antwort.

»Bedeutet das, dass du mich später nicht mit Handschellen fesselst?« Melly zwinkerte ihm zu.

Aufgrund der Tatsache, dass er plötzlich Bilder im Kopf hatte, die etwas mit Handschellen, Melly und Nacktheit zu tun hatten, war er ziemlich froh darüber, dass das Tischtuch ihm über den Schoß fiel. »Es war keine gute Idee, sich hier zu treffen. Wir sollten einen neuen Termin vereinbaren.«

»Geh nicht.« Melly lehnte sich über den Tisch, um nach ihm zu greifen, und nahm seine Hand.

Er blickte auf ihre Finger in seiner Hand, ihre Haut war schwielig im Vergleich zu der weicheren Haut an seinen Fingern. Aber das war sicher nicht der Grund dafür, dass er jedes Mal, wenn sie ihn berührte, eine Erregung verspürte. »Wir kommen hier überhaupt nicht voran.«

»Sehr gut. So soll es auch bleiben«, bemerkte die Anwältin schnippisch.

»Du hast mir überhaupt nichts zu sagen«, erwiderte Melly.

»Doch, das kann ich schon. Das steht in deinem Vertrag und alles.« Zena grinste. »Aber mach dir keine Sorgen, ich werde mich um diesen feinen Staatsangestellten kümmern.«

»Pfoten weg, Zena«, knurrte Melly. »Ich habe ihn zuerst gesehen.«

»Bring mich nicht dazu, es deiner Mutter zu sagen.«

Theodore blickte immer wieder von einer Frau zur anderen.

»Und was willst du ihr sagen? Dass ich mit einem Typen zu Abend esse?«, entgegnete Melly frech. »Sie geht mir ohnehin schon die ganze Zeit auf die Nerven, dass ich sesshaft werden und ihr ein paar Enkel bescheren soll, die sie dann nach Strich und Faden verwöhnen kann.«

»Solange du ihre Enkel nicht mit ihm machst.« Zena warf ihm einen nicht besonders beeindruckenden Blick zu, bevor sie sich davonschlich.

Er hatte das Gefühl, zwei Dinge besonders betonen zu müssen. »Wir werden niemals Sex haben und es besteht noch kein Bedarf für einen Anwalt.«

»Eine Abmachung, bei der es nicht um Sex geht. Wie faszinierend. Aber darum kümmern wir uns später. Die Arbeit kann warten. Lass uns was essen.«

Obwohl sie nicht bestellt hatten, erschien wie von Zauberhand ein Teller mit knusprigen Tintenfischringen, während sie redete. Es konnte nicht schaden, ein paar Happen zu essen.

Eine Stunde später stöhnte er und Melly aß noch immer. Er hatte nur einen Löffel Nachtisch geschafft, bevor er ihr freiwillig den Rest überließ. Und sie aß ihn. Und noch dazu ein vierhundert Gramm Steak, die Ofenkartoffel, den Salat und die Pilze. Er hatte noch nie eine Frau gesehen, der es besser geschmeckt hätte.

Und er hatte auch noch nie jemand so Lebhaftes und Gesprächiges gekannt. Sie mochte sich dumm stellen, aber sie war viel schlauer, als sie zugab. Allerdings fragte er sich, wie viel von ihrer Persönlichkeit als fröhlicher Hohlkopf gespielt war.

Melly lehnte sich zurück, klopfte sich auf den Bauch und stellte fest: »Gott sei Dank habe ich meine elastische Jeans angezogen. Das wird mich lehren, vor dem Abendessen noch einen Snack zu mir zu nehmen.«

»Was für einen Snack hast du denn gegessen?«

»Zwei Hamburger und einen Milchshake.«

»Das ist ein ganzes Abendessen.«

»Nein, bei einem ganzen Essen sind Pommes dabei«, verbesserte sie ihn.

»Wie kann es sein, dass du so viel isst und trotzdem ...« Er machte eine Pause, damit er nicht auf anzügliche Weise sagte: »So gut in Form bleibst?«

»Ich habe einen tollen Stoffwechsel.« Sie zwinkerte ihm zu. »Machst du irgendein Training?«

Er zuckte mit den Achseln. »Mal dies, mal das.« In letzter Zeit und seit er diese neuen Aufgaben übernommen hatte, hatte er nicht mehr viel Zeit, um zu trainieren.

Während sie aßen, fanden sich all die Leute, die sich verdrückt hatten, als sie verkündet hatte, dass er vom Finanzamt war, wieder ein, und ihre Unterhaltungen bildeten ein angenehmes Hintergrundgeräusch. Nur gelegentlich warfen sie ihm neugierige Blicke zu.

Theodore hatte sich entspannt. Er hatte seine Deckung fallen lassen. Allerdings war es langsam an der Zeit, dass er sich um den Job kümmerte, den zu tun er hier war.

Als sie sich gerade den letzten Bissen ihres Kuchens in den Mund schob, wurde die Tür zum Restaurant aufgeworfen und eine laute Stimme schrie: »Verhaltet euch ruhig oder wir schießen.«

Um seine Aussage zu unterstützen, wedelte der Anführer mit einer Waffe herum.

Melly murmelte: »Oh, oh.«

Und Theodore bekam plötzlich einen Niesanfall.

Kapitel Vier

Gut, dass Theo geniest und sein Gesicht in einer Serviette vergraben hatte, sonst hätte er vielleicht bemerkt, dass die Bewaffneten nicht hundertprozentig menschlich waren. Verdammt seien diese dummen Stadtbären! Man musste sie nur ein wenig ärgern und schon verwandelten sie sich sofort in Grizzlys.

Was hatten sie sich dabei gedacht, hier hereinzuplatzen, ohne vorher zu prüfen, ob auch Menschen anwesend waren? Es war ein Wunder, dass sie nicht entlarvt worden waren.

Theo erholte sich noch immer von seinem Niesanfall. Ohne zweimal nachzudenken, streckte Melly die Hand aus und schlug ihm die Brille vom Gesicht. »Hoppla. Das tut mir leid.«

Aber eigentlich nicht. Je weniger er sehen konnte, desto besser. Sie würde es hassen, einem Menschen erklären zu müssen, wie Bären in einem Restaurant gelandet waren. Dann war da noch die Tatsache, dass er der Typ zu sein schien, der Gesundheitsinspektoren hinzuzieht.

Ihre Hintergrundrecherche über ihn hatte ergeben, dass er genau das war, was er zu sein vorgab: ein typischer Streber, der sein Studium mit Auszeichnung abgeschlossen und einige Monate beim Militär verbracht hatte, ausgeschieden war und schließlich vom Finanzamt eingestellt wurde.

Keine Freundin. Keine Ehefrau. Keine lebende Familie. Nicht einmal einen verdammten Fisch in einem Glas. Der Mann war ein Einzelgänger durch und durch.

Und er faszinierte sie.

Er sah absolut hinreißend aus, blinzelte mit den Augen und blickte sich mit gerunzelter Stirn um. »Was ist los?«

»Keine Ahnung«, log sie und dann musste sie nichts mehr sagen, denn Theo bekam einen Niesanfall.

»Hört sofort alle mit dem auf, was ihr tut!«, rief der Grizzly, der die Bärenbande anführte. »Und hört zu.«

Sie hatte sich einen tollen Abend ausgesucht, um mit Theo auszugehen, da sie vergessen hatte, dass mit dem Laubwechsel das jährliche Fußballspiel unmittelbar bevorstand. Bären gegen Löwen. Es war ein raues Spiel, das mit blauen Flecken, Fluchen, Schweiß und Schmutz endete. Dazu gegrillte Rippchen, Hühnchen, ein paar gebratene Schweine am Spieß, die größte Menge an

Mais, die je an einem Ort gekocht wurde, und mehr Pasteten, als an Fingern und Zehen gezählt werden konnten. Da lief einem das Wasser im Mund zusammen.

»Würdest du bitte damit aufhören? Bei deiner Nieserei kann mich ja niemand verstehen.« Der Bär, dem es gerade so gelang, seine menschliche Form zu bewahren, schlug mit der Faust auf den Tisch.

Da Theo sein Gesicht in einer Serviette vergraben hatte und seiner Allergie erlag, schnappte sie die Beinahe-Pfote und sagte vorwurfsvoll: »Jetzt hör mal, Percy, es gibt keinen Grund, unhöflich zu werden.«

»Dein Freund macht mir den Moment kaputt«, grummelte Percy. »Weißt du eigentlich, wie lange ich an meiner Rede gearbeitet habe?«

»Einen ganzen Tag?«, hätte sie gewettet.

Jedes Jahr wählte der Bärenclan jemanden, der die Herausforderung anführen sollte, und jedes Jahr sprang dieser Bär, anstatt etwas wirklich Episches zu planen, auf, um die Herausforderung vorzeitig zu beginnen.

»Fast zwei«, beschwerte sich Percy.

»Hatschi!«

»Was zum Teufel ist denn mit dem los?« Percy zeigte mit einer Kopfbewegung auf Theo.

»Er hat eine Allergie«, erklärte sie, da das für den Dummkopf anscheinend nicht offensichtlich war.

»Und wogegen ist er allergisch?«, wollte Percy wissen.

»Zuerst einmal Katzen.« Obwohl sie langsam die Überzeugung gewann, dass er noch allergischer auf Bären reagierte.

Ihre Antwort brachte Percy natürlich zum Lachen. Die Art von Gelächter, bei der er sich auf den Tisch stützte, sich die Tränen aus dem Gesicht wischte und vor Lachen fast gestorben wäre.

»Das ist ja ein toller Freund«, erklärte Percy hämisch grinsend.

Der große dumme Trottel. Unter normalen Umständen hätte sie ihm dieses Grinsen aus dem Gesicht geprügelt. Etwas in ihrem Gesichtsausdruck musste ihr Bedürfnis, ihm Gewalt anzutun, gezeigt haben, denn Percy schreckte zurück. Sie machte sich gedanklich eine Notiz, um sich später mit seinem Bankkonto zu befassen. Vielleicht würde sie seine Spielkonten sperren.

Theo wählte diesen Moment, um seinen Niesanfall endlich zu beenden, und hob sein Gesicht aus der Serviette. Es wirkte gerötet und er sah verärgert aus. Seine eigene Schuld. Er hätte die Pille nehmen sollen. Im Laufe der Jahre hatte die Gemeinschaft der Gestaltwandler einige der besten Allergiemedikamente der Welt entwickelt. Sie hatten keine Wahl, da selbst Menschen ohne Allergie oft stark auf ihre Anwesenheit reagierten.

Theo kniff mit seinem verschwommenen Blick die Augen zusammen und sah Percy an. Wie gut konnte er sehen? Die Linsen in seiner Brille schienen dick zu sein. War er kurzsichtig oder weitsichtig?

Wie dem auch sei, seine Ohren funktionierten gut, als er antwortete: »Ich bin nicht ihr Freund.«

Daraufhin wurde Percys Lachen noch lauter, was keine Überraschung war. »Das hoffe ich für dich. Sie verschlingt Männer bei lebendigem Leib. Eine richtige Tigerin, die dir den Bauch aufschlitzt, besonders wenn sie ihre Tage hat und du ihr dumm kommst.«

»Sagt der große Idiot, der in meiner Reichweite steht.« Eine sanfte Drohung mit einem vielsagenden Lächeln.

Percy wurde unter seiner Sonnenbräune ganz bleich und machte nervös einen Schritt zurück. »Ist ja nur ein Spaß unter Freunden.«

»Völlig unerwünscht. Du solltest besser gehen. Und zwar sofort«, fügte sie hinzu für den Fall, dass das nicht klar war.

»Aber ich bin noch nicht fertig. Ich habe noch keine Herausforderung ausgesprochen«, jammerte er.

»Was denn für eine Herausforderung?«, wollte Theo wissen.

Bevor Percy antworten konnte, rief jemand dazwischen: »Wir sind hier, um euch räudige Scheißkatzen zu einem Duell auf Leben und Tod herauszufordern. Eine epische Meisterleistung an Kraft und Schnelligkeit, bei der nur die Härtesten überleben werden. Blut wird fließen. Und Tränen, wenn ihr verliert. Seid ihr bereit, euch den Hintern versohlen zu lassen?« Die Ankündigung sollte eigentlich aufhetzend wirken.

Sie wusste es. Percy wusste es. Aber der Idiot, der schrie, hatte noch nicht begriffen, dass sie einen unwissenden Menschen in ihrer Mitte hatten.

Melly fuhr ihn an: »Das ist jetzt nicht der richtige Zeitpunkt, Ärger zu machen.«

Aber der junge Mann, wahrscheinlich unter dem Einfluss des Adrenalinrausches aufgrund des bevorstehenden Kampfes, konnte sich nicht beherrschen. »Es gibt keinen besseren Zeitpunkt, Ärger zu machen, als genau jetzt.« Dann hob er seine Waffe und feuerte.

Selbst wenn es eine Menschenherde mit Kameras im Restaurant gegeben hätte, es hätte die Explosion der Gewalt nicht aufgehalten. Das Rudel war gerade herausgefordert worden. Nur ein Feigling würde nicht darauf reagieren.

Noch mehr Waffen gingen in einer Kakofonie von Lärm, Knallen und Jodeln los. Buttermesser und Gabeln flogen. Auch Fetzen von Kleidern.

Verdammt.

Bevor Theodore daran denken konnte, einen Blick um sich zu werfen, riss sie ihren menschlichen Streber unter den Tisch und versteckte ihn hinter der herabhängenden Tischdecke.

»Was ist denn hier los?«, rief er, den Kopf dem Lärm zugewandt. Er konnte hören, nur eben nicht sehen, und was er hörte, verursachte ihm sicher ein wenig Angst. Schreie. Knurren. Dinge, die zerbrachen.

Aber er schien tatsächlich keine Angst zu haben, stattdessen blieb er geduckt neben ihr und starrte konzentriert auf die Tischdecke, als könnte er hindurchsehen. Was für eine plausible Erklärung könnte es für dieses Chaos geben?

»Es ist eine Bande aus der Nachbarschaft. Die Kerle wollen wahrscheinlich das Restaurant zerstören.«

»Für mich fühlt sich das nach Armageddon an.«

»Ich bin mir sicher, dass es schlimmer klingt, als es tatsächlich ist. Bleib hier, während ich mal nachsehe.« Melly wollte unter der Tischdecke hervorkriechen, kam aber nicht weit. Dafür sorgte ein fester Griff um ihren Knöchel.

»Wo willst du denn hin?«, fragte Theo, während die Bären weiterschossen und jemand – aller Wahrscheinlichkeit nach Luna – schrie: »Ich werde dir das Gesicht abreißen und es dir in den Hintern stopfen, weil du mir das Abendessen verdorben hast.«

Sie wäre dazu auch durchaus in der Lage. Luna stand kurz vor der Entbindung und wurde ungehalten, wenn man sie beim Essen unterbrach.

»Ist schon okay«, entgegnete Melly beruhigend. »Ich werde mal nachsehen, was da los ist.«

Sein Ausdruck wurde trotzig. »Da sind irgendwelche Leute, die wie wild um sich schießen. Wenn jemand nachsehen sollte, dann ich.«

»Das ist ja überhaupt nicht sexistisch, was?«, stellte sie fest.

»Das hat überhaupt nichts damit zu tun, dass du eine Frau bist, sondern einfach mit dem gesunden Menschenverstand. Ich war ein paar Monate beim Militär.«

»Du meinst bei den Kadetten?«

»Nein«, lautete seine angespannte Antwort. »Als ich achtzehn war, habe ich mich verpflichtet.«

»Du?« Und damit war der Kampf vergessen. Das hier war weitaus interessanter.

»Ja, ich.«

»Und dann wurdest du ausgemustert.«

Er biss die Zähne zusammen. »Tatsächlich war es so, dass ich ausgeschieden bin, als sie mir gesagt haben, dass ich aufgrund meiner Kurzsichtigkeit immer nur am Schreibtisch arbeiten würde.«

»Aber das tust du ja jetzt auch«, konnte sie nicht umhin, ihn zu necken.

»Erinnere mich bloß nicht daran«, murmelte er. »Aber der Punkt ist, dass ich für diese Situation ausgebildet bin.«

Fast hätte sie ihm aufgrund seines völlig deplatzierten Mutes die Wange getätschelt. »Du bist süß, kleiner Bücherwurm, aber du kannst überhaupt nichts sehen. Mach dir keine Sorgen. Ich komme schon klar. Sie werden es nicht wagen, auf mich zu schießen.«

Außer, dass es jemand tat. Aus Versehen, sollte sie hinzufügen. In dem Moment, in dem sie aufstand, traf sie eine Kugel in die Brust.

Sie blickte auf die tropfende grüne Farbe hinunter.

Die Bären wagten einen Angriff mit Paintbällen, und das, nachdem ihnen verboten worden war, diese jemals wieder in Innenräumen zu benutzen.

Die Bären waren nicht die Einzigen mit Geschossen. Die Löwen hatten vielleicht keine Farbkugeln, aber sie hatten Nahrungsmittel, und die flogen durch die Luft. Bratkartoffeln mit allem Drum und Dran, die aufschlugen und durch die Gegend spritzten, Schüsseln mit Salat, sogar ein Stück Steak. Das war eine Farce.

Die Reste des Abendessens wurden auf die Bären abgefeuert, einschließlich Percy, der sich duckte, was bedeutete, dass die Reste sie voll ins Gesicht trafen.

Das gutturale Wort, das sie aussprach, war vielleicht nicht ganz damenhaft. Ihre Drohung noch weniger: »Ich werde euch alle umbringen.«

Tatsächlich zog das gewaltsame Versprechen die Aufmerksamkeit des Mannes unter dem Tisch auf sich. Er kroch hervor, schlug das Tischtuch zurück und wollte aufstehen. Selbst mit seinem kurzsichtigen Blick musste er erkennen, dass etwas nicht stimmte.

Sie tat das Einzige, was sie konnte.

Sie schnappte sich einen Stuhl in der Nähe und schlug ihn damit auf den Kopf, so fest, dass er mit dem Gesicht nach unten hinfiel. Er lag unbeweglich auf dem Boden und sie biss sich bekümmert auf die Lippe. Hatte sie zu hart zugeschlagen? Sie konnte kein Blut entdecken. Sie kniete neben ihm, drehte ihn um und drückte ihre Finger an seinen Hals, um seinen Puls zu überprüfen.

Irgendein Klugscheißer beschloss, sie wirklich zu reizen. »Seht euch nur Melly an. Sie hat es so nötig, dass sie ihren Freund jetzt sogar schon k. o. schlagen muss.«

Der Idiot, der seinen Mund aufgemacht hatte, bekam ihn mit ein paar Servietten gestopft und musste den peinlichen Haarschnitt hinnehmen, den sie ihm mit einem Steakmesser verpasste.

Sobald das passiert war, endete das Handgemenge mehr oder weniger. Es hatte nicht lange gedauert, nur so lange, bis der Speisesaal zu einem völlig tropfenden Chaos aus Farbe und Speisen geworden war. Es gab auch viele grinsende Gesichter.

Percy, der pelzige Esel, der alles angefangen hatte, hatte ein beschissenes Grinsen auf dem Gesicht, das man durch die Nudelsoße sehen konnte, die von seinem Bart tropfte. »Das lief besser als erwartet. Sehen wir uns am Sonntag, so gegen elf auf der Farm?«

»Fangen wir mit dem Spaß doch eher an. Wie wär's, wenn wir uns auf ein paar Schnäpse in *The Claw* treffen?«, rief eine der Löwinnen, die sich gern amüsierte.

Normalerweise hätte Melly den Angriff auf die Kneipe die Straße hinauf mit ihren breiten Dielenböden und der Pfotenstampfmusik geleitet, aber sie musste sich erst noch um etwas anderes kümmern.

Da Theo etwas schwerer war als erwartet, half ihre

Freundin Joan ihr, ihn nach draußen zu ihrem Motorrad zu tragen. Es wurde schnell klar, dass es nicht funktionieren würde, ihn darauf mitzunehmen. Er kippte immer wieder um, sein Körper war wie eine gekochte Nudel.

»Setz ihn doch einfach ins Taxi«, schlug Joan vor, eine athletische Frau um die vierzig mit einem blonden Bopp mit ein paar silbernen Strähnen.

»Oder wir nehmen Gummiseile, um ihn auf dem Motorrad festzubinden«, schlug Luna vor, die zu ihnen nach draußen gekommen war, ihr dicker Babybauch immer voraus, und an einem großen Steak kaute.

Melly dachte tatsächlich kurz darüber nach.

»Warum« nehmen wir nicht seinen Wagen?« Reba sah noch immer perfekt aus, obwohl Melly genau gesehen hatte, wie sie mit der Gabel das Essen um sich geworfen hatte. Reba kniete sich mit ihren hohen Schuhen einen Moment lang hin und als sie wieder aufstand, hatte sie Theos Brieftasche in der einen und seinen Autoschlüssel in der anderen Hand. »Dank dieser praktischen ›Bitte hierher zurückbringen‹-Karte, wissen wir, dass er nicht allzu weit weg lebt.«

»Ich könnte ihn nach Hause fahren, aber was ist mit meinem Motorrad?« Melly konnte es ja schlecht vor dem Restaurant lassen.

»Ich werde damit fahren.«

»Nein, ich.«

»Aber ich bin dran.«

Es herrschte kein Mangel an Freiwilligen, um es

zurück zu ihrer Wohnung zu bringen. Tatsächlich war es schon verschwunden, bevor sie Lunas Namen ganz aussprechen konnte.

Schmollend sah sie dem Scheinwerferlicht hinterher, das sich entfernte. »Und wie soll ich jetzt nach Hause kommen?«

Arik hatte Melly verboten, jegliche Art von Mitfahrdiensten zu nutzen. Sogar Taxis waren wegen einiger weniger Vorfälle tabu. Wenn der Fahrer nicht wollte, dass sie ihm den Arm bricht, sollte er den Wagen nicht an dunklen Orten anhalten und denken, er könnte sie befummeln. Er hatte Glück, dass sie ihm nicht den Arm abgerissen und ihn damit verprügelt hatte. Sie begnügte sich damit, ihm den Führerschein und die Taxi-Lizenz entziehen zu lassen, und gab dem Ordnungsamt seinen Namen und Aufenthaltsort, damit er wegen seiner Vielzahl an unbezahlten Strafzetteln festgenommen werden konnte.

»Ach bitte, als würdest du vor dem Morgengrauen heimkommen«, stellte Joan fest.

Das Rudel Löwen in der Gasse brach in lautes Gelächter aus.

Das stimmte auch wieder.

»Soll ich mitkommen und dir dabei helfen, ihn ins Bett zu schaffen?«, bot Joan ihr an.

»Ist schon okay. Ich kann mich allein um ihn kümmern.«

»Ich wette, dass du das kannst«, grinste Joan schelmisch. »Für einen Menschen sieht er ziemlich gut aus. Ich verstehe, warum du ihn magst.«

Allerdings war ihre Freundin auf dem Holzweg. »Es ist nicht so, wie du denkst. Du weißt doch, dass er für das Finanzamt arbeitet und meine Steuern prüft. Ich muss etwas tun, bevor er es auf uns alle abgesehen hat.«

»Toll, wie du dich für das Team aufopferst. Wir wissen es wirklich zu schätzen.« Reba zwinkerte ihr zu. »Viel Spaß.«

Spaß? Mit einem Bewusstlosen? Das war zwar sehr verlockend, aber auch verboten. Alle menschlichen Sexualpartner mussten bei Bewusstsein und ungefesselt sein und durften nicht um ihr Leben bangen.

»Ich würde sagen, du kuschelst mit ihm, bis er aufwacht, und wenn er das dann tut und anfängt, sich aufzusetzen, sag ihm, dass er dein Ehemann ist und ihr sechs gemeinsame Kinder habt.« Joan hatte einen teuflischen Sinn für Humor.

»Suchen wir lieber einfach nur seinen Wagen«, murmelte Melly.

Sie stützten ihn, jede unter einem Arm, und schleppten ihn mit, als wäre er betrunken. Indem sie seiner Duftspur folgten, fanden sie seinen Wagen, der nicht weit weg geparkt war. Eine ausgesprochen praktische viertürige Limousine in einem langweiligen Dunkelgrau. Der Innenraum war makellos.

Selbst Reba schien beeindruckt zu sein. »Nicht

mal ein Tropfen Kaffee auf einem der Getränkehalter.«

Kein Staubkorn verschandelte das blütenreine Armaturenbrett und im Radio war ein braver Softrock-Sender eingestellt. So unglaublich langweilig. Armer Theo, er musste wirklich lernen, wie man sich ein wenig gehen lässt. Er war geradezu der Inbegriff von Verklemmtheit.

Anstatt ihn aufrecht auf den Beifahrersitz zu setzen, verfrachtete sie ihn lieber kurzerhand in den Kofferraum. Joan klopfte an die Scheibe auf der Fahrerseite, bevor Melly vom Parkplatz fahren konnte.

Sie ließ das Fenster runter. »Was ist?«

Carla machte ein ernstes Gesicht. »Dieser Typ vom Finanzamt. Du weißt ja, was Arik dazu sagen wird.«

Arik, dem König, würde es gar nicht gefallen, wenn auch nur die geringste Möglichkeit bestand, dass Theo etwas mitbekommen hatte.

»Aber er hatte seine Brille nicht auf.«

»Ist er taub oder stumm?«

»Nein.«

»Dann hat er bestimmt irgendetwas mitbekommen.«

»Ich werde ihn davon überzeugen, dass er es geträumt hat. Schließlich können solche Verletzungen durchaus Halluzinationen hervorrufen.«

»Und wenn er dir nicht glaubt?«

Melly überlegte einen Moment. »Dann weiß ich, was ich zu tun habe.«

Das Rudel um jeden Preis schützen.

Es dauerte nicht lange, Theo zu der Adresse zu fahren, die er als Heimadresse in sein Navigationsgerät programmiert hatte. Sie parkte den Wagen auf der Straße vor einem umgebauten Doppelhaus. Eine ruhige, eher langweilige Fassade an einer langweiligen Straße. Er hatte einen Garagentoröffner an das Visier geklemmt. Eine Metalltür rasselte nach oben.

Die Garage war lächerlich. Makellos mit sauber ausgekleideten Recycling-Behältern. Die Werkzeuge hingen ordentlich an einer Holzplatte, anstatt auf der Werkbank herumzuliegen. Er hatte genügend Platz, um ein Fahrzeug zu parken, was deutlich machte, wie falsch er seine Garage nutzte.

Echte Garagen waren eine ölige, chaotische Katastrophe. Sie wartete, bis die Tür sich schloss, und ging dann zum Heck des Wagens, um den Kofferraum zu öffnen. Es war an der Zeit für ihn aufzuwachen.

Zuerst hievte sie ihn aus dem Fahrzeug und dann zur einzigen Tür im Raum. Sie nahm an, dass sie ins Haus führte. Sie lehnte ihn gegen den Türpfosten. »Aufgewacht, mein kleiner, heißer Streber.«

Der Mann blieb zusammengesackt stehen und sie war das Einzige, was zwischen ihm und der Schwerkraft stand, die sein hübsches Gesicht ruinieren wollte.

Sie schnippte mit den Fingern.

Nichts.

Sie schüttelte ihn ein wenig.

Seine Atmung blieb ruhig und sein Kopf hing noch immer kraftlos herunter. Wären sie jetzt in einem Märchen, hätte sie ihn bereits geküsst, vielleicht sogar noch mehr. Aber Arik hatte sich erst letzten Monat mit ihnen über Grenzen und so weiter unterhalten. Offenbar fiel das willkürliche Küssen fremder Männer unter sexuelle Belästigung. Den größten Aufruhr gab es jedoch, als er ankündigte, dass es in der Öffentlichkeit kein Hintern-Klopfen oder Po-Kneifen mehr geben würde.

Mehr als eine Löwin murrte und beschwerte sich und fragte, warum sie so leiden mussten. Wie Jenny bei mehr als einer Gelegenheit gesagt hatte, sollte ein Mann in engen Jeans doch wissen, wie sehr er geschätzt wurde. Pfeifen war für Wölfe. Schnauben war für Schweine. Löwinnen hatten die Kunst des Po-Klopfens und Hintern-Kneifens perfektioniert.

Leider hatte der König gesprochen. Das heißt, sie mussten nett zu den Menschen sein, oder sie würden Ariks Zorn riskieren.

Sie rüttelte Theo und blies ihm ins Gesicht. Es erwies sich als ausreichend, sodass er das Gesicht verzog und begann, sich zu bewegen. Seine Wimpern flatterten und er machte die Augen auf, und ohne seine Brille bemerkte sie, wie dicht seine Wimpern waren.

»Was ist denn los?«, fragte er und blinzelte sie an. »Wo sind wir?«

»In deiner Garage. Erinnerst du dich nicht daran,

dass du uns nach Hause gefahren hast?«

Sein Blick wurde klarer. »Nein, daran erinnere ich mich nicht. Das Letzte, an das ich mich erinnere ...« Er runzelte die Stirn. »Warum erinnere ich mich an eine Schießerei im Restaurant?«

»Ah, ja, die Showeinlage des Abends. Du konntest dich nicht beherrschen und bist einfach umgefallen.«

»Das bin ich nicht. Jemand hat mich niedergeschlagen«, murmelte er und hielt sich die Rückseite seines Kopfes. »Was zum Teufel ist da passiert?«

»Ein Bandenkampf und du bist nicht unter dem Tisch geblieben, obwohl ich dich gebeten hatte.«

»Fühlt sich so an, als wäre ich von einem Zug überfahren worden.«

»Ach, das sagst du nur so.« Sein Kompliment brachte sie fast dazu zu erröten.

»Du sagtest, die Männer mit den Waffen gehören einer Bande an.«

»Habe ich das?«

»Ja, und du kanntest sie. Zumindest einen von ihnen. Einen Typen namens Percy, er ist sogar rübergekommen, um mit dir zu quatschen.«

Wie sollte sie ihm die Rivalität zwischen ihren Rassen erklären? Das konnte sie nicht, also tat sie das Nächstbeste und log ihn voll an. »Also gut. Ich kann es eben nicht vor dir verstecken. Percy ist mein Ex-Freund.«

»Und taucht dein Ex-Freund häufiger mit einem Haufen Waffen und seinen Freunden auf?«

»Was denn für Waffen?«, fragte sie in ihrer besonders unschuldigen Stimme.

Er runzelte die Stirn. »Ich habe gesehen –«

»Willst du nicht sagen, du glaubst, du hättest etwas gesehen? Dummer Theo. Die Leute bringen doch keine Waffen mit ins Restaurant, mal abgesehen von Muskeln natürlich.« Sie drückte seinen Bizeps.

Jetzt sah er sogar noch verwirrter aus und er tat ihr fast ein wenig leid, aber nicht genug, um ihm die Wahrheit zu sagen. Falls Arik nämlich auch nur einen Moment lang davon ausging, dass Theo eine Gefahr für ihr Geheimnis darstellen könnte …

Sie wollte nicht einmal darüber nachdenken.

Theo stieß sich vom Türpfosten ab und sah jetzt auch wieder besser auf den Füßen aus. Er tastete seine Taschen ab und sie hielt ihm seine Schlüssel hin und klimperte damit.

»Suchst du die hier?«

Er presste die Lippen zu einem dünnen Strich zusammen. Dann riss er ihr die Schlüssel aus der Hand und steckte einen davon ins Schloss. Er drehte ihn und die Tür ging mit einem Klicken auf.

Einen Moment lang dachte sie schon, er würde sich von ihr verabschieden. Doch der Streber überraschte sie immer wieder.

»Möchtest du reinkommen?«

»Aber ja, sehr gern.« Sie tätschelte ihm die Wange, als sie an ihm vorbeiging. »Ich dachte schon, du würdest nie fragen.«

Kapitel Fünf

Theodore wusste nicht, was in ihn gefahren war. Der Plan, den er sich in dem Moment ausgedacht hatte, in dem er mit pochendem Kopf aufwachte, lautete: Reingehen, etwas Paracetamol schlucken und sich von seinen Schmerzen erholen. Stattdessen hatte er den Mund aufgemacht und sie hereingebeten. Eine Fremde. Jemand, mit deren Steuerprüfung er beauftragt worden war. Eine bekannte Betrügerin und Lügnerin.

Und was noch schlimmer war?

Sie hatte angenommen – und sofort einen falschen Eindruck bekommen.

Mit einem strahlenden Lächeln auf dem Gesicht schlang Melly ihren Arm in seinen und begann zu plaudern. »Nun, sehen Sie sich an, Herr Ich-bin-so-steif-man-kann-mich-als-Besenstil-benutzen. Du lädst mich schon nach der ersten Verabredung in deine Wohnung ein.«

»Das war keine Verabredung«, grummelte er. Wohl eher ein Desaster.

»Es gab mich, dich und etwas zu essen. Das ist eine richtige Verabredung, mein kleiner Bücherwurm.«

»Ich lade dich nur so lange ein, bis wir uns überlegt haben, wie wir dich sicher nach Hause bringen können.« Weil er nicht in der Lage war zu fahren, was ihn an ihrer Geschichte zweifeln ließ, wie sie hierhergekommen waren.

»Du hast ›wir‹ gesagt.« Sie schmiegte sich enger an ihn. »Ich wusste, dass ich dir nicht egal bin. Bedeutet das, dass wir ein Paar sind?«

Ein Paar mit diesem heißen Chaos einer Verrückten? Panik schnürte ihm die Brust zu. »Das ist garantiert nicht der Fall. Es war rein geschäftlich.«

»Schicksal.«

»Wir haben uns erst heute Nachmittag kennengelernt.«

»Es kommt mir schon viel länger vor. Wir sind eben einfach füreinander bestimmt.«

Er starrte sie an und erwischte sie dabei, wie sie kicherte.

»Oh, jetzt sieh dir nur dein Gesicht an.« Sie begann, lauthals zu lachen. »Also bitte. Als ob. Wir könnten vielleicht ein paarmal aus Spaß miteinander schlafen, aber du bist viel zu spießig, als dass du jemals als Freund für mich infrage kämst.«

Das stimmte, und trotzdem war er ein wenig beleidigt. Vielleicht sollte er die Erlaubnis, die er ihr erteilt hatte, hereinzukommen, wieder rückgängig machen.

Zu spät.

Sie streifte sich die Schuhe ab und ging barfuß in seine Wohnung. Wahrscheinlich voller Ehrfurcht vor der sauberen und blütenreinen Perfektion, die zu kreieren ihm gelungen war, ganz im Gegensatz zu den chaotischen Bedingungen in ihrer Wohnung.

Sie drehte sich um, den Mund geöffnet, und rief aus: »Oh mein Gott, deine Wohnung ist so wahnsinnig langweilig. Hast du einen Preisnachlass bekommen, weil du keine Farbe benutzt hast?«

Er erstarrte. »Diese Stilrichtung nennt sich Modern Classic.«

»Wie langweilig. Alles ist grau in grau.«

»Die Wände und die Decke sind weiß«, stellte er fest.

»Mit grauen Sepiadrucken an der Wand.«

»Manch einer würde behaupten, es sei elegant.«

»Ich bin sicher, dass der Typ, der dich zu diesem Einrichtungsstil überredet hat, sich den ganzen Weg zur Bank totlacht. Du brauchst dringend ein Umstyling«, murmelte sie und stolzierte weiter in seine kompakte Junggesellenwohnung, die den größten Teil des ersten Stockwerks der Doppelhaushälfte ausmachte. Wohnküche mit einer Bar und Hockern zum Essen, Wohnzimmer und daneben ein kleines

Arbeitszimmer, das er verschlossen hielt, sein Schlafzimmer und Badezimmer.

Sie zielte natürlich auf seinen privaten Raum ab.

Es gelang ihm kaum, sich durchzusetzen. »Ich halte es für das Beste, wenn wir im Wohnbereich bleiben.«

»Oooh, wie schweinisch. Treiben wir es auf der Couch? Der Kücheninsel?«

»Wie wäre es, wenn du mir einfach glaubst, wenn ich dir sage, dass wir nicht miteinander schlafen werden?«

Sie sah ehrlich verwirrt aus. »Das verstehe ich nicht. Warum hast du mich dann überhaupt hereingebeten?«

Dessen war er sich auch noch nicht ganz so sicher.

Sie ging weiter in seinen Raum und ihre bloße Anwesenheit bedeutete schon ein zu viel an Farbe und Buntheit.

»Setz dich doch. Ich hole uns was zu trinken.« Er zeigte auf die Couch, konnte aber nicht umhin, sich vorzustellen, was sie gerade angeboten hatte. Sex auf der Couch. Es erwies sich als viel zu einfach, sich vorzustellen, wie er dasaß, sie rittlings auf seinem Schoß. Er stahl sich schnell in die Küche, um jegliche Anzeichen seiner Erregung zu verbergen. »Was hättest du gern?«

»Also, am liebsten hätte ich einen Schuss von einem heißen Streber, aber ich gebe mich auch mit einem Bier zufrieden.«

»Äh.«

»Soll ich raten? Du hast kein Bier.« Sie starrte an die Decke und murmelte: »Warum immer ich? Was hast du denn?«

»Scotch. Whisky. Ein bisschen Wodka.«

»Aber nichts zum Mischen, würde ich wetten.«

»Ich habe Orangensaft.«

»Na also, geht doch.«

Eigentlich war es sein Plan, sie zum Reden zu bringen. Er hatte sie – oder diese belastenden Quittungen – noch nicht wirklich durchschaut. Aber was er bis dahin gelernt hatte, erwies sich als interessant, auch wenn es keinen Sinn ergab.

Er reichte ihr ein Glas, das sie auf ex austrank und zurückgab. »Die Nächsten kannst du ruhig stärker machen.«

Er verdreifachte die Alkoholmenge. Sie trank das Zeug immer noch wie Wasser. Was völlig in Ordnung war. Er hatte keinerlei Schuldgefühle, sie ein wenig betrunken zu machen. Schließlich wollte er Antworten.

»Also, wann sagst du mir, was tatsächlich im Restaurant passiert ist?«

»Was meinst du denn damit?« Sie klimperte so heftig mit den Wimpern, dass sie fast vom Boden abgehoben hätte.

»Ich weiß, dass irgendwelche Typen mit Waffen hereingekommen sind und angefangen haben herumzuschießen.« Er hatte die Schüsse gehört.

»Na gut. Du hast mich ertappt.« Sie seufzte dramatisch. »Es gab Schüsse, aber es waren keine richtigen Kugeln.«

»Sondern?«

»Paintbälle. Ein Scherz des Restaurants von nebenan.«

»Das war aber ein ziemlich heftiger Scherz. Was, wenn jemand die Polizei gerufen hätte? Die Typen hätten erschossen werden können.«

»Das stimmt. Ich werde es auf jeden Fall Percy sagen. Und wenn wir jetzt mit diesem Thema durch sind, würde ich gern über dich reden.«

Er setzte sich an den äußersten Rand der Couch und trotzdem war sie plötzlich irgendwie neben ihm. »Das sollten wir nicht tun.«

Er versuchte, von ihr abzuweichen, doch sie rückte nach.

»Also, Theo, sei nicht so schüchtern.«

»Das gehört sich aber nicht.«

»Es ist schon ungehörig, seit du einem Abendessen zugestimmt hast.«

»Das habe ich doch nur, weil du versprochen hast —«

Sie fiel ihm ins Wort. »Oh, bitte. Wir wissen doch beide, dass du zum Restaurant gekommen bist, weil du mich magst. Du findest mich hübsch.«

Mehr als hübsch, aber darum ging es nicht. »Woher beziehst du deine Munition?«

»Oh, nicht das schon wieder.« Sie seufzte und ließ

sich seitlich auf seine Couch fallen. »Ein schöner Stoff.« Dann fing sie damit an, die Sofakissen auf den Boden zu werfen.

»Was machst du denn da?«, fragte er aufgebracht.

»Ich mache es mir gemütlich. Ich habe gern viel Platz.« Was sie verdeutlichte, indem sie Arme und Beine weit von sich streckte.

Ein Teil von ihm hätte am liebsten mitgemacht. »Ich glaube, es ist an der Zeit, dass du gehst.« Bevor er sich nicht mehr beherrschen konnte.

»Aber ich weiß nicht, wie ich nach Hause kommen soll. Weißt du noch? Du hast mich mitgenommen.«

»Ich rufe dir ein Taxi.«

»Du würdest es zulassen, dass ein Fremder mich mitnimmt?«, fragte sie aufgebracht.

»Na gut, dann fahre ich dich eben nach Hause.«

»Aber mit einer Kopfverletzung solltest du wirklich nicht fahren«, stellte sie fest und rekelte sich auf eine Art und Weise auf seiner Couch, die sowohl sinnlich als auch anzüglich war.

»Es gibt doch sicher jemanden, den du anrufen kannst«, sagte er schwach.

»Alle, die ich kenne, sind entweder im Bett oder auf einer Party. Du hast mich am Hals, Bücherwurm.«

»Ich heiße Theodore.«

»Oooh, sieh nur, wie herrisch du mit mir umspringst. Würdest du mir gern noch andere Befehle geben?« Sie ging auf alle viere mit einem anzüglichen Grinsen.

»Ich glaube, ich sollte besser ins Bett gehen.«

Was einmal mehr ihr mangelndes Gefühl für persönlichen Freiraum zeigte. Er ging in sein Zimmer und drehte sich um, um ihr Decken und ein Kissen zu bringen, nur um festzustellen, dass sie sich irgendwie von der Couch in sein Bett bewegt hatte. Wieder lag sie weit ausgestreckt da.

»Ähm.« Wortlos blickte er auf das Bettzeug in seinen Armen herab. Die Couch war nicht lang genug, als dass er darauf hätte schlafen können. Doch die Alternative ...

Und dabei gelang es ihm nicht mehr, den Raum zu verlassen.

Die Frau, die mit Sicherheit ein spezielles Gen dafür hatte, sich heimlich zu bewegen, stellte sich vor ihm auf. »Wo willst du denn hin? Das Bett ist groß genug für uns beide.«

Es war ein großes Doppelbett, und doch wusste er, dass es nicht groß genug sein würde. Wie ein Idiot, der immer dümmer und dümmer geworden war, seit er sie an jenem Tag getroffen hatte, ließ er sich von ihr zum Bett führen. Aber er drehte ihr den Rücken zu, als sie sich auszog.

Ihr sanftes Kichern umschmeichelte ihn. »Ich habe meinen BH und die Unterhose angelassen, damit du dich entspannen kannst. Und ich liege schon unter der Decke, damit dein Taktgefühl nicht verletzt wird.«

Sie tat ihr Bestes, um ihn zu provozieren, und es funktionierte. Er, der Mann von tadelloser Gelassenheit in jeder Situation, war wegen einer halb nackten Frau völlig aus der Fassung.

Dadurch waren seine Bewegungen flotter als nötig, als er seine Jacke und sein Hemd auszog. Seine Hose auch. Seine Boxershorts boten mehr Schutz als die meisten Badeanzüge, aber er fühlte sich trotzdem entblößt. Wurde er angestarrt? Doch ein kurzer Blick über seine Schulter zeigte, dass sie auf der Seite lag und sich von ihm abgewandt hatte.

In seinem Bett. Wie war dies geschehen?

Ein letztes Mal dachte er daran, ins Wohnzimmer zu gehen, aber verdammt, das war sein Bett. Sein Zuhause.

Seine Arbeit.

Wenn sie es je herausfinden würden ... würde er nicht gefeuert werden. Wahrscheinlicher wäre ein großes Lob. Im Büro hatte er einen Spitznamen: der Eismann. Offenbar brauchte es die richtige Art von Frau, um ihn zum Schmelzen zu bringen.

»Kommst du jetzt ins Bett oder nicht?«

»Das ist wirklich nicht richtig«, murmelte er.

»Dann geh doch.« Sie drehte sich zu ihm um, mit nichts weiter als ihrem BH und ihrer Unterhose bekleidet, und stützte den Kopf auf ihre Hand.

Sie sah perfekt aus, wie sie da so lag. Und sie hatte recht. Sie hatten sich erst heute kennengelernt, und doch kam es auch ihm schon länger vor.

»Ich werde meine Wohnung nicht verlassen.«

»Genauso wenig wie ich, das bedeutet, wir sind in einer Sackgasse angelangt, mein süßer Streber.«

»Das wird mich allerdings nicht davon abhalten, dich wegen Steuerhinterziehung zu verhaften.«

»Ich mag einen Mann, der Prinzipien hat. Es macht mehr Spaß, sie zu verderben.« Sie zwinkerte ihm zu.

Sie zeigte nicht das geringste Maß an Zurückhaltung. Normalerweise hätte es seine rechtschaffene Natur geweckt, aber stattdessen stieg er ins Bett. Es bräuchte mehr als ihren Reiz, um ihn zum Kapitulieren zu bringen.

Zu seiner Überraschung versuchte sie nicht, ihn zu berühren, aber sie redete trotzdem. »Verhaftest du oft Leute wegen Steuersachen?«

»Ziemlich häufig.« Ihr Duft umhüllte ihn und neckte ihn mit einem Kitzeln in der Nase. Nur einem ganz kleinen. Er hoffte, dass er nicht wieder niesen musste. Er hatte immer noch keine Ahnung, was ihn im Restaurant überkommen hatte. Es war ihm ziemlich peinlich und er fühlte sich in seiner männlichen Ehre gekränkt.

»Theodore Loomer, außergewöhnlicher Steuervollzugsbeamter. Und wenn du Leute verhaftest, bedeutet das dann manchmal, dass Handschellen zum Einsatz kommen?« Sie klang so hoffnungsvoll.

»Allerdings.«

»Wirklich?« Sie kam auf die Knie und sein Blick

senkte sich zu dem Tal zwischen ihren Brüsten. »Kann ich sie sehen?«

»Die bekommst du schon noch früh genug zu sehen, wenn du keine anständigen Belege und Dokumente beschaffen kannst«, warnte er sie.

»Du bist wirklich ein Spielverderber.«

»Und damit habe ich kein Problem.« Und das stimmte tatsächlich. Doch einen Moment lang, als sie seufzte und sich von ihm wegdrehte, wünschte er sich, er wäre eine andere Art von Mann. Die Art, die sie in seine Arme ziehen und sie küssen würde.

Er tat nichts, und bald schnarchte sie leise. Während er wach lag und mit seinem Vorhaben auch nicht weiter gekommen war als zuvor. Vielleicht würde sie durch die Tatsache, dass sie zusammen geschlafen hatten und er sie respektiert hatte, eher dazu geneigt sein, ihm zu vertrauen und ihm die Waffen zu erklären. Niemand brauchte so viel Feuerkraft. Was ist mit der seltsamen Vereinbarung, die sie mit der Pride Group hatte? Kein Unternehmen war so großzügig. Hatte das alles mit dem Vorfall im Restaurant zu tun? Vielleicht sollte er Maverick auffordern, auch diesen Ort genauer unter die Lupe zu nehmen. Bandenkrieg, von wegen!

Etwas anderes war im Gange. Er konnte es spüren. Die Lügen, die Täuschung. Er musste nur ein wenig tiefer graben.

Die Nacht verging und er schlief immer nur zeitweise in kurzen Einheiten von fünfzehn Minuten hier und da. Während der ganzen Zeit drehte sie sich nicht ein einziges Mal. Sie kuschelte sich nicht an ihn und berührte ihn in keiner Weise, und doch war er sich ihrer ständig bewusst.

Zu bewusst. Im Morgengrauen verließ er das Bett und ging in sein Badezimmer. Er sah ausgemergelt aus. Unrasiert, seine Augen etwas blutunterlaufen. Er fuhr sich mit der Hand übers Kinn. Als Erstes machte er die Dusche an, zog seine Boxershorts aus und trat unter den heißen Strahl. Er steckte sein Gesicht hinein und ließ die Wärme in seine Poren, seine Muskeln, seine Seele sickern.

Er versuchte, sich zu entspannen, und doch konnte er nicht anders, als an die Frau in seinem Bett zu denken. Würde sie aufwachen und gehen, vielleicht beschämt über ihre anrüchigen Taten, die sicherlich durch den Alkohol verursacht worden waren?

Würde sie ihn weiterhin belästigen oder ... Der Duschvorhang raschelte und er wirbelte herum.

»Was machst du denn da?«, rief er aufgebracht, jetzt empört darüber, dass sie zu ihm in die Dusche gestiegen war.

»Ich bin ganz alleine aufgewacht, also habe ich nach dir gesucht. Teilen wir uns das Wasser.« Sie drängte sich an ihm vorbei, ihr Körper nackt und nass.

Ein kluger Mann wäre zu diesem Zeitpunkt gegangen. Aber er hatte kein Blut zum Denken mehr im Gehirn.

Er stand da, als sie ihr Gesicht in den Strahl

wandte und den Mund öffnete, um das Wasser hinein- und überlaufen zu lassen. Er war auch nur ein Mensch und konnte sich nicht davon abhalten, ihren nassen Körper mit seinen Blicken zu verschlingen, ihre Figur straff, doch mit ausladenden Hüften. Ihre Brüste waren klein, die Brustwarzen wie winzige Rosenknospen. Das Haar zwischen ihren Beinen war feucht und dunkel vom Wasser.

Sie griff nach der Seife und schäumte ihre Hände ein, bevor sie ihn berührte.

Seine Stimme wurde rau: »Ich kann mich selbst waschen.«

»Aber es macht mehr Spaß, wenn ich es tue.«

Damit hatte sie zwar recht, aber es war trotzdem falsch. Er griff nach ihren Handgelenken und hielt ihre Hände von seinem Körper weg. »Du musst damit aufhören. Ich werde das Verfahren nicht einstellen, nur weil du Sex mit mir hast.«

»Sex? Wer hat denn hier was von Sex gesagt? Ich habe morgens immer Hunger und du hast genau das, was ich brauche«, sagte sie und zwinkerte ihm zu, bevor sie sich auf die Knie fallen ließ.

Das würde sie jetzt doch sicher nicht tun.

Sie griff nach seinem Schwanz. »Versuch, dich zu entspannen.«

Eine unmögliche Aufgabe angesichts ihrer Hände auf seinem Schwanz, die alles andere als untätig waren.

Ihr heißer Atem strich über die Haut an seinem

Schaft, als sie über die feuchte Länge seines Schwanzes blies. Und er war ziemlich lang. Er konnte seine Erregung nicht verbergen. Wollte es eigentlich auch gar nicht. Verführung gehörte nicht zu seinem Plan und doch tat er nichts, um sie zu verhindern.

Eifrig ergriff sie ihn mit einer Hand und liebkoste seinen Schwanz. Ein Schrei entwich ihm, als sie beschloss, mit den heißen Atemzügen aufzuhören und seinen Schwanz in den Mund zu nehmen. Sie saugte einmal ordentlich daran, dann noch mal. Sie wippte mit dem Kopf auf und ab, und er konnte nichts weiter tun, als seinen Kopf in den Nacken zu legen und zu genießen.

Es war möglich, dass er es sogar noch mehr genoss, als er es hätte tun sollen, einfach aufgrund der Tatsache, dass es verboten war. Theo war normalerweise nicht der Typ, der sich bei der Arbeit ablenken ließ, aber das lag nur daran, dass er Melly noch nicht kennengelernt hatte.

Sie blies ihm mit offensichtlichem Enthusiasmus einen, lutschte und saugte an seinem Schwanz, bis er dachte, er würde verrückt werden. Als sie seinen Schaft mit einem feuchten Schmatzen losließ, konnte er nicht umhin, ein Geräusch der Enttäuschung auszustoßen.

Er griff nach ihr, zog sie hoch, drückte seinen Mund auf ihren und gab der Versuchung nach, ihre Lippen zu kosten.

Sie protestierte. »Ich war noch nicht mit dir fertig.«

Diese Worte verstärkten nur den Schmerz in seinem Schwanz und den Zug an seinen Hoden. »Vielleicht bist du jetzt dran.« Woher kamen nur diese anrüchigen Worte? Normalerweise sprach er nicht während des Aktes.

»Oh nein, das bin ich nicht, mein sexy Streber. Ich habe davon geträumt, dir den Schwanz zu lutschen, und das bedeutet, dass du nicht an der Reihe bist, bis ich mit dir fertig bin.« Mit dieser Warnung und dem Versprechen fiel sie wieder auf die Knie und packte ihn voller Entschlossenheit.

Mit der anderen Hand spielte sie mit seinen Eiern. Seine Hüften zuckten und er stieß ein leises Stöhnen aus, als sie ihn noch einmal mit ihrem Mund umschloss und die Lippen über die Länge seines Schaftes bis zur Wurzel hinuntergleiten ließ.

Er wusste nicht, wie sie es tat, aber es fühlte sich besser als gut an. Es war erstaunlich. Und erregend. Vor allem, als sie begann, an ihm auf und ab zu wippen und an ihm zu saugen, wobei ihre Wangen bei jedem Zug hohl wurden. Er musste es wissen. Schließlich sah er ihr dabei zu.

Sie fielen in einen gemeinsamen Rhythmus und er hielt ihren Kopf mit seinen Händen fest, während er mit den Hüften zustieß und ihren Mund füllte.

Er war so kurz davor zu kommen, dass er bereits heftig atmete. Er wollte kommen. In ihren Mund. Eine neue Sache für ihn. Was, wenn sie es nicht wollte? Was, wenn …

»Du denkst schon wieder zu viel«, erklärte sie ihm und hatte dabei immer noch seinen Schwanz im Mund.

»Ich bin dran«, gelang es ihm hervorzustoßen, obwohl er sich eigentlich viel lieber gehen lassen wollte.

»Ich bin noch nicht fertig.« Sie bearbeitete seinen Schwanz und wirbelte ihre Zunge um die angeschwollene Eichel. Lutschte daran. Kostete ihn. Saugte sogar daran. Sie spielte mit ihm und er konnte nicht anders, als ihr die Finger in die Kopfhaut zu bohren und ihr seinen Schwanz entgegenzustoßen.

Und als sie anfing, seine Eier zu kneten und zu massieren?

Da kam er.

In ihren Mund.

Kapitel Sechs

Hmmm. Sie mochte Sahne so gern, und seine Sahne war leckerer als die der meisten.

Melly wäre gern für eine Fortsetzung in der Dusche geblieben, wo er seine Zunge für etwas anderes als nur zum Streiten benutzte; sie hatte jedoch ihr Telefon überprüft, bevor sie sich zu ihrem sexy Streber in die Dusche gesellt hatte, und wenn sie ihren Hintern nicht nach Hause schaffte, würde Arik ihr die Schlampen auf den Hals hetzen. Wenn man bedachte, dass sie wahrscheinlich einfach hereinplatzen und ihren Theo anstarren würden, wäre es wahrscheinlich besser, wenn sie sich in Bewegung setzte.

Sie ließ seinen Schwanz los und er sackte gegen die Wand. Nun, das war doch mal ein Anblick, der eine Frau zum Grinsen brachte. Sie stand auf und wollte aus der Dusche steigen, doch dann wurde sie gegen die Kacheln der Dusche gepresst, denn ihr Streber war anscheinend doch noch nicht so fertig, wie sie gedacht hatte. Er sah sie mit glühendem Blick an. »Wo willst du denn hin?«

»Ich habe einen Termin.«

»Der kann warten.« Er knurrte die Worte. Nicht das Knurren eines Gestaltwandlers, sondern das eines Mannes, der sie begehrte. »Ich bin noch nicht mit dir fertig.«

Er stieß seine Hand zwischen ihre Schenkel und sie miaute, als er sie streichelte. Er hatte sein Vergnügen gehabt, und doch wollte er sich bei ihr revanchieren.

Melly wollte nicht Nein sagen, nicht als er sich zwischen ihre Beine kniete und sie auseinanderschob. Er vergeudete keine Zeit, sondern konzentrierte sich mit seiner Zunge direkt auf ihre Lustknospe, teilte ihre Schamlippen und nahm sich leckend eine Kostprobe. Auf sein Drängen hin legte sie ein Bein über seine Schulter, öffnete sich ihm und er nutzte das voll aus.

Noch nie in ihrem Leben war es ihr so gut mit dem Mund besorgt worden. Er wusste genau, wie er mit ihrer Klitoris spielen musste, neckte sie mit seinen Lippen, rieb seine Zunge so stark und schnell, dass sie im Nu keuchte und an seinen Haaren zog.

Er grunzte und zeigte sich so euphorisch, es ihr zu besorgen, dass sie fast gekommen wäre. Sie wollte kommen, aber er hielt inne.

Sie machte einen erbärmlichen, quäkenden Laut.

»Sag mir, wo du die Munition gekauft hast«, forderte er, sein Mund an ihrer erhitzten Haut.

Im Ernst? Jetzt wollte er über die Arbeit reden? Sie erstarrte.

Er stieß einen Finger in ihre Muschi und sie keuchte.

»Sag es mir und ich lasse dich zum Orgasmus kommen.«

Sex für Geheimnisse? Das war völlig unstreberhaft und unglaublich heiß. »Wenn du es nicht machst, kann ich es mir immer noch selbst besorgen.«

»Das könntest du.« Erst blies er ein wenig heißen Atem über ihre Klitoris und dann rieb er sie, bis sie stöhnte. Er sprach weiter, als hätte er sie nicht gerade um den Verstand gebracht. »Oder ich könnte dir einen Handel anbieten. Du kommst nicht in den Knast, wenn du mir Informationen beschaffst.«

»Weder ich noch meine Freunde kommen in den Knast und du bringst mich zum Orgasmus.«

Er drückte seinen Daumen gegen ihre Klitoris. »Du verlangst ganz schön viel.«

»Und ich riskiere noch viel mehr, wenn ich es dir sage.« Sie rieb sich an seiner Hand.

»Abgemacht. Fang an zu reden.«

»Ich hole mir die Munition in den Tunneln.«

»In welchen Tunneln?« Er drang mit einem zweiten Finger in sie ein.

»Den Tunneln unter der Stadt. Aber wo genau, ändert sich ständig.« Sie bewegte die Hüften.

»Kannst du mich dorthin bringen?«

»Nein.«

»Falsche Antwort.« Er zog seine Finger aus ihr heraus.

»Na gut. Ja. Ich kann dich dorthin bringen.« Er drang erneut mit seinen Fingern in sie ein und besorgte es ihr mit der Zunge, während er flüsterte: »Wann?«

»Nächste Woche.«

Er hielt inne.

»Heute Abend?«, keuchte sie, weil sie kurz davor stand, zum Orgasmus zu kommen.

»Versprochen?«

»Ja«, keuchte sie leise und hoch, als er sie zum Höhepunkt brachte.

Er ließ seine Zunge über ihre Klitoris gleiten und stieß mit den Fingern in sie hinein, bis ein wundervoller Orgasmus sie überkam. Sie erschauderte und blieb schwach und zufrieden zurück, und war sogar noch glücklicher als letzte Woche, als sie aus der Küche im Wohnhaus frische Sahne gestohlen hatte.

Sie war gerade von dem Menschen ausgetrickst worden, und auch er wusste es. Selbstgefälliger Mistkerl. Er stand auf und sah sehr zufrieden mit sich selbst aus. Mit gutem Grund. Er hatte es ihr gut besorgt.

Sie wollte schnurren. Kratzen. Ihn reiten, bis sie beide erneut zum Orgasmus kamen.

Aber selbst in der Dusche konnte man hören, wie jemand gegen die Tür hämmerte.

»Wer ist da?« Mit einem harten Gesichtsausdruck

wandte er den Kopf. Einen Moment lang sah Theo fast gefährlich aus.

Für einen Menschen.

Sie tätschelte ihm die Wange. »Meine Mitfahrgelegenheit. Vielen Dank für den Orgasmus am Morgen.«

Er griff nach ihr, als sie aus der Dusche stieg. »Du kannst noch nicht gehen.«

»Ich kann und ich werde.« Sie wandte sich aus seinem Griff und verschwand mit dem einzigen Handtuch aus dem Badezimmer.

Als er im Schrank nach einem weiteren Handtuch suchte, schloss sie die Tür des Badezimmers und stellte einen Stuhl unter den Türgriff. Das würde ihn so lange aufhalten, bis sie angezogen war.

Er trommelte gegen die Tür und war ziemlich wütend auf sie. Aber erst, als sie mit dem Anziehen fertig war, nahm sie den Stuhl unter dem Türgriff weg und tänzelte zur Eingangstür.

Er kam nur mit einem Handtuch um die Hüften aus dem Badezimmer, ein Anblick, der sie fast dazu verführt hätte, doch zu bleiben. Sie wäre nur allzu gern auf seinen noch feuchten Körper geklettert, doch sie hörte, wie Joan nach ihr rief.

»Hey, Schlampe, beweg sofort deinen Hintern hierher, bevor wir dich rausschleifen müssen. Wir müssen ein paar Sachen erledigen.«

Melly warf ihm eine Kusshand zu und sagte: »Bis später, Theo.«

Anstatt zu antworten, drehte er sich um und ging

zurück ins Schlafzimmer, wobei das Handtuch herunterfiel und den Blick auf seinen knackigen Hintern freigab.

Sie hätte Joan fast gesagt, sie sollte ohne sie gehen. Aber die Pflicht gegenüber dem Rudel rief.

Sie fuhren noch kurz bei ihrer Wohnung vorbei, damit sie sich umziehen konnte. Schließlich musste der Chef ja nicht sofort riechen, was sie getan hatte. Trotzdem erriet er es sofort.

Als sie in Ariks Büro kam, brüllte er: »Du hast mit dem Typen vom Finanzamt geschlafen.«

»Er hatte ein Bett, das groß genug für zwei war. Aber mach dir keine Gedanken, darin ist nichts passiert.«

»Du lügst«, erklärte Arik wütend.

»Eigentlich nicht. Wir haben in der Dusche rumgemacht, nicht in seinem Bett. Dafür hatten wir keine Zeit, da du Joan geschickt hast, um mich zu holen.«

»Als Reba mir heute Morgen erzählte, wo du gelandet bist, verdammt richtig, da habe ich dafür gesorgt, dass jemand dich dort rausholt.«

»Entspann dich. Er weiß nichts.«

»Aber er war dabei, als die Bären angegriffen haben. Er muss doch etwas gesehen haben.«

»Ich habe seine Brille kaputt gemacht und ihn unter dem Tisch versteckt. Ich versichere dir, er hat überhaupt nichts gesehen.«

Arik rieb sich das Gesicht. »Ich hoffe, du hast

recht, aber selbst wenn das der Fall ist, was zum Teufel hast du dir nur dabei gedacht? Ein Mensch im hinteren Teil des Restaurants?«

Sie hatte nur gedacht, dass sie mit ihm angeben wollte, was überhaupt keinen Sinn ergab. Schließlich war es ja nicht so, als gehörte Theo ihr.

»Aber das hast du doch mit Kira auch gemacht.«

»Weil Kira für mich die Frau fürs Leben war. Willst du mir vielleicht etwas mitteilen?« Der König zog eine Augenbraue hoch.

Sie konnte nicht anders, als entsetzt »Nein!« zu keuchen.

Niemals. Nicht mit Theo. Einem Menschen. Einem Streber, der nicht einmal Hand an sie gelegt hatte, als sie miteinander im Bett waren. Was für ein Mann versuchte nicht einmal, so zu tun, als würde er kuscheln wollen?

»Wenn du also nicht vorhast, den Mann zu beißen und zu dem Deinen zu machen, warum bringst du ihn dann mit an einen Ort, an dem er nichts zu suchen hat?«

Der König wusste, wie er seine Stimme heben konnte, ohne wirklich lauter zu werden. Vielleicht brachte er sie sogar ein wenig dazu zu erschaudern. Aber eine Löwin ergab sich nie. Sie verdrehte die Situation.

»Er hat mir einen Handel angeboten.«

»Was denn für einen Handel?«, wollte Arik wissen und trommelte mit den Fingern auf den Tisch.

»Die Art von Handel, bei dem das Verfahren wegen Steuerhinterziehung fallen gelassen wird.«

»Was noch mal ein völlig neues Thema ist. Was zum Teufel hast du dir nur gedacht? Wir haben schließlich Buchhalter und Steuerberater, die du benutzen kannst. Die sorgen dafür, dass wir keine unnötige Aufmerksamkeit auf uns ziehen.«

»Das Programm, das ich entworfen habe, muss noch ein wenig verbessert werden.«

»Dazu ist es jetzt offensichtlich zu spät, was?«

»Ich kümmere mich darum«, murmelte sie.

»Und was bietest du ihm im Gegenzug? Denn das macht er ja ganz offensichtlich nicht umsonst.«

»Manche Dinge haben eben keinen Preis.« Sie schüttelte ihr Haar.

»Dein Selbstvertrauen, was deine Fähigkeiten angeht, ist wirklich bewundernswert, aber ich bin mir ziemlich sicher, dass er mehr verlangt als nur das.«

Melly sah ihn böse an. »Ich habe ihm versprochen, ihn mit zu dem Typen zu nehmen, der die Munition verkauft.«

»Du hast was?« Er brüllte es so laut, dass die Fenster klirrten.

Sie zuckte zusammen. »Ich weiß, ich habe Mist gebaut.«

»Tatsächlich könnte es von Vorteil für uns sein. Wenn du ihn mit hinunter in die Tunnel nimmst, könnte es sein, dass er dort nicht lebend herauskommt.«

Diesmal war sie es, die ihren König mit offenem Mund ansah. »Du willst, dass er stirbt.«

»Es ist ja nicht so, als würdest du mir eine Wahl lassen. Und sei bloß nicht sauer auf mich. Schließlich war es deine etwas zu kreative Buchhaltung, die uns erst in diese Situation gebracht hat.«

Sie ließ den Kopf hängen. »Ich habe meine Lektion gelernt.«

»Das bezweifle ich, aber du wirst sie noch lernen. Bring den Mann in die Tunnel und lass den Dingen ihren Lauf.«

»Und was, wenn er es schafft, lebend herauszukommen?«

Arik sah sie mit einem Blick an, den nur ein König mit einer solchen Aussagekraft versehen konnte. »Bist du die Jägerin des Rudels oder nicht?«

»Die bin ich.«

»Dann vertraue ich darauf, dass du dafür sorgst, dass das nicht passiert.«

Den Mann töten, der es ihr so gut besorgt hatte, dass sie ihm seine Geheimnisse verraten hatte? Sie fragte sich, ob sie noch Zeit für eine einzige weitere Runde hatten, bevor sie ihm seinem Schicksal überließ.

Kapitel Sieben

Melly ging, nachdem er sie zum Orgasmus gebracht hatte. Kein Kuss. Nichts. Nur ein vages Versprechen, das er ihr in der Dusche entlockt hatte, dass sie ihn zu der Person bringen würde, die ihr die Munition verkauft, die völlig legal sein könnte. Er bezweifelte es allerdings.

Er konnte nicht sagen, warum er das Gefühl hatte, dass er diese Spur weiterverfolgen sollte. Es gehörte nicht zu seinem Auftrag, aber Theodore wusste, dass Maverick Interesse daran hätte. Selbst wenn das nicht der Fall war, hatte er Freunde in der Antiterroreinheit, die ausgesprochenes Interesse daran hätten.

Er wusste jedoch nicht, ob sie es tatsächlich durchziehen würde. Sie könnte genauso gut wieder Nein sagen. Würde sie ihn dazu bringen, es ihr erneut zu besorgen, um ein weiteres Versprechen zu erhalten?

Er konnte es nur hoffen.

Verdammt! Was hatte er getan? Mit ihr zu schlafen hatte seine Arbeit eher erschwert als erleichtert.

Auf dem Weg ins Büro hatte er einen finsteren Blick, nicht dass es jemand bemerkt hätte. Seinen Spitznamen *Eismann* verdankte er schließlich nicht seinem warmen und freundlichen Wesen.

Es half auch nicht gerade, dass Maverick ihn schon kurz darauf in sein Büro rief.

»Und wie läuft es mit der Untersuchung von Pride Industries?« Maverick konzentrierte sich voll und ganz auf ihn.

»Ich betreibe noch weitere Nachforschungen. Ich habe mich mit einer der Beschuldigten getroffen, bin aber noch nicht weit gekommen.« Zumindest was den Fall betraf. Schließlich hatte er es sonst immerhin zwischen ihre Schenkel geschafft.

»Wie viel streiten sie ab?«

»Bis jetzt noch nichts. Die Frau, mit der ich mich momentan beschäftige, hat zugegeben, illegale Munition bei ihrem Steuerrückzahlungsbescheid angegeben zu haben.«

»Und Pride Industries hängt in der Sache auch mit drin?«

»Eigentlich nicht. So wie ich sie bis jetzt verstanden habe, gehört der Verkäufer der Munition nicht zur Firma. Heute Abend werde ich mehr herausfinden, ich werde mich mit ihm treffen.«

»Ein Treffen. Sehr gut.« Maverick schien erfreut

zu sein, weshalb Theodore als Nächstes den Teil ansprach, der ihm nicht so gut gefallen würde.

»Ich habe Melly, ich meine Miss Goldeneyes eventuell Immunität versprochen, wenn sie mir im Gegenzug die Information über ihren Munitionshändler liefert.«

»Wie bitte?«, schrie Maverick.

Jetzt war wahrscheinlich kein guter Zeitpunkt, um ihm zu sagen, dass das auch für ihre Freunde und ihre Familie galt. »Ich musste sie dazu bringen, mir zu vertrauen.«

»Dieses Versprechen hätten Sie ihr nicht geben dürfen. Ich kann ihr keine Immunität garantieren, bis wir besser über die Situation Bescheid wissen.«

Leichte Schuldgefühle überkamen Theo. »Was, wenn sie mir weitere Informationen beschafft?«

»Das sollten dann aber bessere Informationen sein als nur ihr Waffenhändler.«

»Ich werde sehen, was ich herausfinden kann.«

Als er das Büro verließ, hatte er gerade genügend Zeit, um quer durch die Stadt zu seinem nächsten vereinbarten Treffen im Pride-Wohngebäude zu fahren. Melly hatte versprochen, sich später mit ihm zu treffen. Sie hatte nicht gesagt, wann und wo. Wenn es überhaupt dazu kam.

In der Zwischenzeit würde vielleicht jemand anderes etwas ausplaudern, das Maverick glücklich machen würde. Oder zumindest etwas, das dafür sorgte, dass Theo nicht mehr ständig das Bedürfnis hatte auszuflippen.

Er fuhr bis zum Tor und diesmal wurde er direkt hineingelassen. Er parkte draußen auf einem der drei für Besucher markierten Plätze. Als er hereinkam, schrie jemand in der Eingangshalle: »Es ist der Typ vom Finanzamt. Versteckt eure Güter, Mädels.«

Daraufhin knöpfte sie ihre Bluse zu, um ihr Dekolleté zu verbergen, was mit allgemeinem Gekicher quittiert wurde.

Er war nicht amüsiert. Er drehte sich um, um sie alle böse anzustarren. Er trug seine Ersatzbrille. Er hatte mehrere, wenn man bedachte, wie oft es zu Unfällen kam, insbesondere wie oft er Niesanfälle bekam. Komisch, dass ihn seine Allergie heute beim Eintreffen nicht so sehr gestört hatte.

»Ihre Einnahmen bei der Steuererklärung nicht preiszugeben ist ein Verbrechen«, erinnerte er sie, nun, da er ihre Aufmerksamkeit hatte.

»Und es ist auch ein Verbrechen, jemandem einen Stock in den Hintern zu schieben, und trotzdem ist das hier der Fall«, murmelte jemand anderes.

Und besagter Stock wurde nur noch gerader. »Ich bin geschäftlich hier.«

»Darauf würde ich wetten«, sagte eine weibliche Stimme, was mit Gekicher quittiert wurde. »Aber Melly ist nicht hier. Sie erledigt gerade etwas für Arik.«

Arik? Der Anflug von Eifersucht erstarb schnell, als er sich daran erinnerte, dass dies der Name ihres Arbeitgebers war. Verrichtete sie diese Arbeit als Sicherheitsbeamtin, von der sie am Tag zuvor gesprochen hatte?

Das spielte keine Rolle. »Ich bin nicht hier, um Miss Goldeneyes zu sehen. Wenn Sie mich jetzt bitte entschuldigen würden, die Damen.« Er wandte sich ab und hörte Gelächter.

»Er hat uns Damen genannt.«

»Weil er eben Klasse erkennt, wenn er welche sieht.«

»Du würdest Klasse doch nicht mal erkennen, wenn dein Stringtanga dich damit über den Kopf hauen würde.«

»Sag mir das noch mal ins Gesicht, Schlampe.«

Trotz der Beleidigungen bezweifelte er, dass es zu einem Kampf kommen würde. Ein solch gehobener Ort würde nicht solche Leute beherbergen, die den niederen Instinkten nachgaben, sich zu prügeln.

Andererseits ...

Als die Fahrstuhltüren sich schlossen, hätte er schwören können, er hätte einen Körper über eine Couch fliegen sehen. Sicherlich eine optische Täuschung.

Dieses Mal fuhr er in den sechsten Stock, fand die richtige Tür und klopfte an.

Als die Tür sich öffnete, blickte eine blonde Frau, die fast genauso groß war wie er, ihn von oben bis unten prüfend an. »Also, was bist du denn für ein Hübscher.«

Etwas durcheinander erinnerte er sich wieder, warum er hier war. »Mrs. Vandercoop, ich bin Theodore Loomer vom Finanzamt. Wir haben einen Termin, um ihre Steuern zu besprechen.«

Sie machte große Augen. »Verdammt, war das heute? Einen Moment bitte.«

Sie schlug ihm die Tür vor der Nase zu und ließ ihn draußen auf dem Gang stehen. Er runzelte die Stirn. Besonders weil er von drinnen verschiedene Geräusche hören konnte, Klopfen und Schlagen. Seine Nase juckte und er nahm eine weitere Tablette gegen die Allergie. Die dritte an diesem Morgen. Er hatte nicht vor, in nächster Zeit zu niesen.

Er klopfte erneut. »Mrs. Vandercoop, es ist mir völlig egal, ob Ihre Wohnung aufgeräumt ist. Ich bin nur wegen Ihrer Steuern hier.«

Es dauerte noch ein wenig und von drinnen hörte man erneut klopfende Geräusche, bis die Tür wieder aufging und diesmal eine etwas gerötete und etwas mehr zerzaust aussehende Frau sie erneut öffnete. Sie lächelte. »Ich räume nur ein wenig auf. Ich habe nicht oft Männerbesuch. Warum kommen Sie nicht rein?«

Beim Eintreten bemerkte er, dass die Wohnung viel sauberer war als Mellys. Die Böden waren frei von Müll und Geschirr. Die Küchentheken glänzten. Die Möbel waren tatsächlich benutzbar. Seltsam war das deutliche Fehlen von irgendwelchen Gegenständen an den Wänden, das noch seltsamer wurde, weil es an den Wänden noch Haken gab, als hätte etwas daran gehangen, aber entfernt worden war.

Sie erwischte ihn, wie er sich umsah. »Ich, äh, habe gerade mit meinem Freund Schluss gemacht. Sie wissen schon, raus mit den alten Erinnerungen, rein mit den neuen.« Und sie grinste breit. Was ihn kein bisschen beruhigte.

»Sollen wir uns dann dem geschäftlichen Teil widmen?« Er zeigte auf den Tisch. »Darf ich?«

»Nur zu, ich habe nichts zu verbergen.«

»Das wäre ja mal was ganz Neues«, murmelte er, während er seine Aktentasche abstellte und sie öffnete. Er zog einen neuen Ordner heraus. Darin befanden sich sogar noch weniger Informationen, als es bei Melly der Fall gewesen war.

Entweder hielten sich diese Frauen wirklich gut bedeckt oder irgendjemand sorgte dafür, dass sie eine weiße Weste hatten. Was ein völlig paranoider Gedanke war. Die meisten Kleinkriminellen neigten dazu, dreist zu sein. Auf diese Weise wurden sie erwischt.

Er hatte es gerade noch geschafft, die Akte zu öffnen, als das Parfüm ihn traf. Ein Blick zu seiner Linken ließ ihn fast vom Stuhl fallen. Mrs. Vandercoop hatte beschlossen, sich neben ihn zu setzen. Und zwar ziemlich nahe zu ihm.

»Sie riechen gut«, sagte sie. »Was für ein Rasierwasser tragen Sie?«

»Seife.«

»Nein, es ist mehr als nur das.« Sie lehnte sich zu ihm und atmete tief ein. »Oh, na so was. Es gibt so viele interessante Dinge an Ihnen zu entdecken.«

Er hatte Angst davor zu verstehen, was sie damit meinte. »Haben Sie die Belege für Ihre Steuererklärung vom letzten Jahr da, damit wir sie durchgehen können?«

»Ein Mann, der direkt zur Sache kommt. Das gefällt mir. Natürlich habe ich die Belege. Sie sind im Schlafzimmer. Einen Moment bitte.«

Sie ging und er blickte sich in der Wohnung mit ihrem eleganten Dekor um. Ähnlich im Stil seiner eigenen, wenn auch farbiger. Er fragte sich, was wohl vorher an den Wänden hing. Die Hakensysteme erinnerten ihn an die, die zum Aufhängen von Schwertern verwendet werden. Aber wer braucht schon so viele Schwerter? Und warum sie verstecken?

»Oh, Mr. Finanzamt, können Sie mal einen Moment lang herkommen?«, rief sie aus dem Schlafzimmer.

»Das halte ich für keine gute Idee.« Tatsächlich wusste er ganz genau, dass es eine schlechte Idee war.

»Aber ich brauche Ihre Hilfe. Die Schachtel mit den Belegen ist ganz oben im Regal.«

Und wie sollte er ihr helfen, wenn sie doch genauso groß war wie er? »Haben Sie keinen Stuhl oder Hocker, auf den Sie sich stellen können?«

»Habe ich, aber was, wenn ich runterfalle? Ich brauche jemanden, der mich festhält.«

Das war einleuchtend genug.

Theodor betrat einen mit Rotgold und Quasten dekorierten Raum. So viele Quasten. Sie hingen in glitzernden Kristallen am Kronleuchter. In dicken Strängen an den Ecken der Kissen. Selbst die Ränder der Bettdecke und des Teppichs hatten Quasten.

»Wo sind Sie?«, fragte er.

»Im Schrank.«

Als Theodore hineinging, sah er, dass noch mehr Quasten vor Mrs. Vandercoops Brustwarzen hingen. Er wandte den Blick ab.

»Ma'am, wie mir scheint, haben Sie Ihre Bluse verlegt.«

»Haben Sie einen Quastentanz noch nie von Nahem erlebt?«, fragte sie ihn. Sie zuckte mit dem Oberkörper und schlug ihn mit den Fransen.

»Was Sie da tun, ist höchst ungehörig.«

»Wollen Sie damit etwa sagen, dass ich alt bin?«

»Sicher nicht. Allerdings scheinen Sie zu vergessen, dass ich nicht zu Ihrem Vergnügen hier bin, sondern um meinen Job zu erledigen.«

»Ist es nicht Ihr Job, mich zu untersuchen? Hier bin ich. Bereit, untersucht zu werden.«

»Ich gehe jetzt.« Er machte auf dem Absatz kehrt und hätte den Schrank verlassen, hätte er sich nicht einem wütenden Gesicht gegenüber gesehen. »Melly?« Er konnte die Überraschung in seiner Stimme nicht verbergen.

»Hallo, Theo. Na so was, was machst du denn hier? Tante Marissa.« Sie sprach den Namen hart und kalt aus.

»Brauchst du etwas, liebe Nichte? Wie du siehst, bin ich beschäftigt.«

»Darauf würde ich wetten«, murmelte Melly. »Würdest du uns bitte einen Moment entschuldigen, Theo? Ich muss mit meiner Tante reden.«

»Wir haben einen Termin.«

»In ihrem Schrank?«, fragte Melly. »Und nach allem, was du und ich miteinander gemacht haben? Das ist nicht in Ordnung.«

Er öffnete und schloss den Mund, bevor er ausrief: »Es ist nichts passiert.«

»Aber nur, weil ich gestört habe.«

»Also bitte, Melly ...«, sagte die ältere Frau.

»Noch nicht, liebe Tante. Also, Theee-o-o, wenn du kurz Zeit hättest.« Sie zog seinen Namen lang.

Bei dem Blick, mit dem sie ihn ansah, wollte er sich lieber nicht mit ihr streiten. In diesem wütenden Blick lag etwas Wildes und Ungezähmtes. Auch ein wenig Eifersucht.

Noch nie zuvor war eine Frau seinetwegen eifersüchtig gewesen. Dieses neue Gefühl faszinierte ihn. Er setzte sich mit der offenen Akte an den Tisch zurück, als die Tür zum Schlafzimmer sich schloss. Was geschah im Inneren? Er stellte sich vor, Mrs.

Vandercoop würde von ihrer Nichte ordentlich fertiggemacht werden. Und das hatte sie auch verdient.

Seine Theorie erwies sich als wahr, oder so vermutete er zumindest, als er Stimmen hörte, von denen eine höher und schnell sprach, dann ein leiseres, ruhigeres Murmeln, von dem er nur wusste, dass es Melly gehörte. Aus den gedämpften Stimmen wurde ein Knallen. Etwas schlug immer wieder gegen die Wand, so oft, dass er fast hingegangen wäre, um nachzusehen. Als die Tür sich schließlich öffnete, sah Melly selbstgefällig aus und Mrs. Vandercoop hatte ihre Kleidung an und eine dicke Lippe.

Sie hatte auch einen Scheck, den sie ihm zuschob.

»Meine Entschuldigung dafür, dass ich versucht habe, die Regierung zu betrügen. Nehmen Sie das und gehen Sie.«

Die Anzahl an Nullen am Ende des Betrages würde auf jeden Fall reichen, um auch die Strafe zu begleichen. Verdammt. Aber er hatte nicht einmal die Möglichkeit bekommen, einen Blick auf ihren Papierkram zu werfen. »So einfach geht das aber auch nicht.«

Mrs. Vandercoop betrachtete Melly, die die Arme vor der Brust verschränkt hatte. Sie hatte den Mund leicht spöttisch verzogen.

»Aber so einfach muss es eben sein, da ich einen weiteren Termin habe, den ich einhalten muss. Falls ich Ihnen noch mehr schulde, senden Sie mir einfach eine Rechnung und ich schicke Ihnen einen weiteren Scheck zu.«

Melly meldete sich zu Wort. »Du hast doch meine Tante gehört. Du bist hier fertig.«

»Sie hat mir aber ihre Belege nicht gezeigt.«

»Weil es dazu keinen Grund gibt, da sie keine Steuerrückzahlung mehr einfordert. Zeit, zu gehen.«

»Aber –«

Wenig später fand Theodore sich draußen auf dem Gang wieder. Ziemlich bestürzt darüber, wie die Dinge verlaufen waren. Er war erfreut darüber, gerettet worden zu sein, aber auch verwirrt. »Woher wusstest du, dass ich bei deiner Tante bin?«

»So was spricht sich in diesem Haus ziemlich schnell rum«, beschwerte Melly sich grummelnd. »Mein Telefon hörte gar nicht mehr auf zu läuten, schlimmer als an meinem Geburtstag, und alle wollten mich wissen lassen, dass mein Streber meiner Tante einen Besuch abstattet.«

»Ich habe sie nicht ermutigt.« Er fand es wichtig, dass sie das wusste.

»Das hätte ich auch nicht gedacht. Seit mein Onkel mit einer Frau aus dem Osten durchgebrannt ist, frönt sie lüsternen Neigungen.«

»Es war irgendwie Furcht einflößend«, gab er zu, als sie ihn den Gang hinab zur Treppe führte. Sechs Stockwerke runter.

»Du solltest Todesangst haben. Mit diesen Dingern kann man sich ein Auge ausstechen. Versuch mal, das dann den Polizeibeamten zu erklären, wenn sie auftauchen und sie wegen Körperverletzung verhaften möchten.«

Er machte auf der Treppe halt. »Du machst einen Witz, oder?«

Der grünlich-goldene Blick, mit dem sie sich ihm zuwandte, hätte alles bedeuten können. Wahrheit, Herausforderung, Belustigung. »Halte dich von meiner Tante fern.«

Komisch, dass es sich anhörte, als wäre es eine Drohung.

Sie öffnete die Tür im fünften Stock und wollte gehen.

Er platzte mit dem Ersten heraus, was ihm in den Sinn kam. »Wann treffen wir uns mit deinem Waffenhändler?«

Sie ließ die Tür ins Schloss fallen, kam nahe an ihn heran und zischte: »Pst, du Idiot. Lass das niemanden hören.«

»Aber es ist doch niemand hier.«

»Niemand, den du sehen kannst. Aber der Schall trägt weit. Wir wollen doch nicht, dass sie Bescheid wissen.«

»Was ist denn nicht okay daran, wenn du ihnen einen potenziellen neuen Kunden beschaffst?«

Sie starrte ihn verwundert an, obwohl er gar nichts gemacht hatte. »Du hast wirklich keine Ahnung, wie das funktioniert. So naiv.« Sie tätschelte seine Wange. »Komm schon. Gehen wir in meine Wohnung.«

»Du meinst wohl den Vorhof zur Hölle?«

Er hat es eigentlich nicht laut sagen wollen, hatte es aber trotzdem getan, und sie begann zu lachen, ein wunderbar befreiendes Geräusch, das ihm das Herz erwärmte.

»Du hast Glück. Heute war Putztag.«

Und anscheinend war es auch ein Tag für Wunder. Er betrat einen völlig anderen Raum mit glänzenden Böden und Ablageflächen, nicht ein Fleckchen Schmutz war zu sehen und alle Kissen lagen auf der Couch.

»Es ist fast so, als würde man in ein Paralleluniversum eintauchen«, murmelte er, woraufhin sie kicherte.

»Du lässt mal wieder den Streber raushängen.«

»Und dabei bin ich gar keiner«, widersprach er. Ein Streber hätte niemals so lüsterne Gedanken über jemanden, gegen den er eine Fallakte hatte. In der Vergangenheit hatte er nie Schwierigkeiten gehabt, Beruf und Fantasie zu trennen. Diesmal wollte er den Job zum Teufel schicken.

»Du bist echt ein Streber. Und ich kann es beweisen«, rief Melly. »Deine Kleider sind alle auf Kleiderbügel aufgehängt und nach Farben sortiert.«

Er brauchte gar nicht zu fragen, woher sie das wusste. Ganz offensichtlich hatte sie seinen Schrank durchsucht.

»Das ist nur teilweise korrekt. Sie sind auch nach Saison gruppiert.«

»Das ist doch verrückt.«

»Warum denn? Wenn man bedenkt, dass man für verschiedene Jahreszeiten auch verschiedene Kleidung benötigt, ergibt es Sinn.«

»Ich wette, dass all die Sachen in deinen Schubladen gefaltet sind.«

»Wie sollte man sie denn sonst hineinlegen?« Er war wirklich verwirrt. Warum sollte man sich die Mühe machen, eine Schublade zu öffnen, um Kleidung zu verstauen, wenn sie nicht perfekt nach dem Marie Kondo-Prinzip aufgerollt war? Seine uneingeschränkte Effizienz hatte sich nach der Lektüre ihres Buches verzehnfacht.

»Wenn ich jetzt in deine Küche gehe, könnte ich wetten, dass ich alle Dosen mit dem Etikett nach vorne gerichtet und alphabetisch sortiert vorfinde.«

»Das sind sie nicht.«

Als sie ihn fragend ansah, zuckte er mit den Achseln und erwiderte: »Natürlich zeigt das Etikett nach vorne, aber ich sortiere sie nach der Art der Konserve. Gemüse, Suppen und Früchte.«

»Aha! Wusste ich es doch!«

»Und das macht mich noch längst nicht zum Streber.« Er wusste, wie die Welt sogenannte Streber betrachtete. Er wusste auch nicht, warum es ihm so wichtig war, dass sie ihn nicht als Streber sah.

»Hast du *Star Wars* mehr als dreimal gesehen?« Sie feuerte die Frage auf ihn ab.

»Nur die Originale«, verteidigte er sich hitzköpfig.

»Wohingegen ich *Spaceballs* über hundertmal und

Sharknado mindestens ein Dutzend Mal gesehen habe, und mir jedes Mal die Augen aus dem Kopf heule, wenn ich den *König der Löwen* sehe.«

Er gab nicht zu, dass er heimlich auch ein *Spaceballs*-Fan war, besonders von dem Teil, als sie die Wüste durchkämmt haben. Er musste dabei immer leise lachen. »Ich mag Komödien und klassische Trickfilme.«

»Erzähl mir einen Furzwitz.«

Er blinzelte verwirrt. »Wie bitte?«

»Das kannst du nicht, stimmt's? Weil du entweder a) keinen kennst oder b) selbst wenn du einen kennst, ihn nicht wiederholen würdest.«

Sie hatte ihn völlig falsch eingeschätzt. Sie schien zu denken, dass er ruhig und langweilig war und keinen Sinn für Humor hatte, weil er sich an die Regeln hielt. »Wie schwer darf ein Furz sein?« Bevor sie antworten konnte, platzte er heraus: »Null Gramm. Sonst ist es Scheiße. Wozu sind Fürze da? Um Leute davon abzuhalten, dir in den Arsch zu kriechen.« Und zu guter Letzt setzte er dem Ganzen noch die Krone auf mit: »Kennst du den Unterschied zwischen einem Büstenhalter und einem Furzwitz? Der Büstenhalter ist für die Brust und Furzwitze sind für den Arsch!«

Sie starrte ihn erst mit offenem Mund an und schenkte ihm dann ihr breitestes, strahlendstes Lächeln. »Oh, mein lieber Theo. Vielleicht besteht bei dir doch noch Hoffnung.«

»Weil ich einen schmutzigen Witz erzählen kann?«

»Weil du einen Sinn für Humor hast, mal ganz abgesehen von einer ausgesprochen talentierten Zunge.« Sie zwickte ihm ins Kinn. »Nur schade, dass wir keine Zeit für eine zweite Runde haben.«

Und warum hatten sie keine Zeit dafür? »Du hast für dich selbst und die anderen im Haus, die der Steuerbehörde etwas schuldig waren, einen Handel abgeschlossen. Warum hast du deine Tante zahlen lassen?«

»Weil sie mich genervt hat. Sie hätte es eben besser wissen müssen, als mit meinem Spielzeug zu spielen.« Sie tätschelte seine Wange und stolzierte davon.

Es war zwar ausgesprochen süß, doch er war trotzdem ein wenig verärgert. »Ich bin doch nicht dein Spielzeug.«

Sie warf ihm mit ihren Rehaugen einen Blick über die Schulter zu. »Soll das heißen, ich darf nicht mehr mit dir spielen?«

»Nein. Ja. Verdammt, Melly!«

»Da ist die Leidenschaft. Wusste ich doch, dass sie in dir steckt.«

»Das ist keine Leidenschaft, das ist Verärgerung. Du reizt mich mit Absicht.«

»Weil du es einem so leicht machst.«

»Hast du vergessen, dass dein Schicksal und das deiner Familie in meinen Händen liegt?«

»Wie könnte ich das?« Sie klimperte mit den Wimpern und sah dabei kein bisschen reumütig aus.

»Ich bin dir sehr dankbar für alles, was du tust. Ich meine, welches Mädchen möchte nicht, dass man es mit einer Gefängnisstrafe erpresst, damit du bekommst, was du willst?«

Die Richtigkeit dieser Einschätzung sorgte dafür, dass er Schuldgefühle hatte und ihm die Röte in die Wangen stieg. »Das ist keine Erpressung. Nur eine Alternative zu deiner jetzigen Lage.«

Ihr kehliges Lachen berührte ihn und ließ ihn wohlig erschaudern. »Du kannst es nennen, wie du willst, Theo. Es ist und bleibt ganz einfach Erpressung. Aber du hast Glück, denn es macht mir nichts aus. Du möchtest meinen Munitionshändler kennenlernen, also stelle ich ihn dir vor. Aber mache mich nicht dafür verantwortlich, wenn etwas schiefgeht.« Sie zog betrübt die Mundwinkel herunter.

»Du wirst nicht in die Sache mit hineingezogen. Mein Büro wird sich lediglich davon überzeugen, dass er seine Geschäfte rechtmäßig abwickelt, und, falls dies nicht so ist, die entsprechenden Kanäle informieren.«

Melly schnaubte. »Er verkauft Munition, die in den USA für den zivilen Gebrauch verboten ist. Natürlich arbeitet er nicht legal. Aber das ist eine Sache zwischen dir, egal mit welcher Abteilung du zusammenarbeitest, und ihm. Obwohl ich hinzufügen möchte: Komm nicht weinend zu mir gelaufen, wenn er dir die Kniescheiben bricht.«

»Mach dir um mich keine Sorgen.«

»Du bist wirklich süß, wenn du falschliegst.« Sie schüttelte den Kopf und er musste sich fragen, ob er sich das, was in der Dusche passiert war, nur eingebildet hatte.

Diese lüsterne Frau. Die Leidenschaft ...

»Wann gehen wir denn?«

»Bald, aber erst muss ich mich umziehen.« Sie begann, sich auszuziehen, und zeigte damit auch gleichzeitig, wie es ihr gelang, dass ihre Wohnung jede Woche im Chaos versank.

Ihre Bluse fiel auf den Boden, und gedankenlos bückte er sich, um sie aufzuheben, und folgte ihr. Ihre Hose hatte sie um die Knöchel, als er das Schlafzimmer betrat. Sie schleifte sie über den Boden, als sie auf den Schrank zuging. Ihr Tanga formte ein Herz an ihrem Poansatz.

Er beugte sich vor, um die Kleider vom Boden aufzuheben, und sie drehte sich um und präsentierte ihm den roten Herzstoff, der kaum ihren Venushügel bedeckte.

»Hm. Theo. Du böser Junge. Wenn wir doch nur Zeit hätten, aber leider ist Marney ziemlich streng, was die Öffnungszeiten angeht. Wenn wir wollen, dass die Sache funktioniert, müssen wir uns beeilen.«

Er hätte fast dümmlich gefragt, was funktionieren sollte, nur dass sie ihn zurückdrängte, als er sich aufrichtete, bis er mit dem Rücken an die Wand stieß. Sie drückte ihren Mund auf seinen, ihr Kuss heiß und voller Leidenschaft. Und schon war die Lust da.

Schnell öffnete sie seine Hose und holte seinen Schwanz heraus, ihr Griff fest, sodass er keuchte. Sie richtete seinen Schwanz auf ihre Muschi, aber sie war zu klein, sodass es nicht funktionierte, also kletterte sie an ihm hoch, legte ihm die Arme um den Hals und die Beine um die Hüfte und hielt sich fest. Und es war ziemlich gut, dass er die Wand im Rücken hatte, denn ohne jegliches richtige Vorspiel drängte sie sich auf seinen Schwanz.

Er schrie auf, griff automatisch nach ihrem Hintern und vergrub seine Finger in ihrer Haut. Viel brauchte er nicht zu tun. Sie kümmerte sich um alles, hüpfte, wand sich und rieb sich an ihm, sodass sein Schwanz tief in sie eindrang und von ihrer engen Muschi fest umschlossen wurde.

Sie kam schnell zum Orgasmus und er tat es ihr nach, wobei er erneut aufschrie, als das Sperma aus ihm herausschoss. Er wusste, dass er sich ganz untypisch benahm. Er hatte sogar vergessen, ein Kondom aus seiner Tasche zu holen, und sie hatte nicht die kleinste Pause gemacht. Allerdings nahm sie sicher die Pille.

Was alles andere anging … dafür gab es Krankenhäuser. Das war nicht gerade der anregendste Gedanke, besonders weil sie immer noch keuchte.

Daraufhin seufzte sie und sagte: »Ah, das hat gutgetan.« Dann sprang sie von ihm runter, landete auf dem Boden und zog sich ihr Höschen wieder über den Hintern.

»Wir sollten uns schnell waschen«, sagte er, da ihm klar war, dass sie beide nach Sex riechen würden.

Das Lächeln, das sie ihm zuwarf, war mehr als nur schelmisch. »Das hatte ich eigentlich nicht vor und du solltest meinen Rat annehmen. Es ist gut, wenn du nach mir riechst. Das sorgt dafür, dass es keine Missverständnisse gibt, was deine Position angeht.«

»Ich weiß wirklich nicht, was du damit sagen willst.«

»Glaub mir, du willst Marney nicht als alleinstehender Mann begegnen. Sie wird dich bei lebendigem Leib fressen.«

»Also willst du, dass ich mich als dein Freund ausgebe?«

Daraufhin brach sie in Gelächter aus. »Als würde Marney das glauben. Du kommst als mein Spielzeug mit. Glücklicherweise habe ich auch genau das richtige Outfit.«

Kapitel Acht

DER AUSDRUCK AUF SEINEM GESICHT?

Unbezahlbar.

Besonders als sie ein Halsband mit Nieten fand und ihn bat, es zu tragen, um das Outfit zu komplettieren.

»Ich komme doch nicht als irgend so eine Art Sexsklave mit«, beschwerte Theo sich aufgebracht.

Er sah so süß aus mit der leicht schiefen Krawatte. Seine Wangen waren gerötet, seine Lippen ... hm, all die Sachen, die er mit diesen Lippen anstellen konnte.

»Wie wäre es mit meinem Untergebenen? Meinem Schatzi-Spatzi? Wie wär's mit meinem heißen Typen mit dem Stock im Hintern?«

Er blickte sie wütend an und sie musste dadurch einfach nur noch mehr lachen. Am Ende weigerte er sich einfach, sich von ihr ankleiden zu lassen, damit er in den Rahmen passt. Allerdings war das nicht besonders klug von ihm. Er hatte nämlich keine Ahnung, dass er bald in eine Welt eintauchen würde, die ihn mit Haut und Haaren auffressen würde. Und zwar buchstäblich.

Die Schuldgefühle über das, was sie vorhatte, plagten sie sehr. Egal, wie ihre Befehle auch lauteten, sie ließ ihn voll in eine Falle laufen. Er hatte keine Ahnung. Das machte sie so nervös, dass sie am liebsten geschrien hätte. Ihn am liebsten ein wenig geschüttelt und ihm gesagt hätte, er sollte schnell weit weg fliehen. Auch wenn das eigentlich keine Rolle spielte. Die Jäger des Rudels würden ihn trotzdem finden.

Die Tatsache, dass er dem Untergang geweiht war, hatte sie aber nicht davon abgehalten, Sex mit ihm zu haben. Sie konnte einfach nicht anders. Mit ihm zusammen zu sein entfachte ihren Geist und ihren Körper.

Wenn er doch nur jemand anderes wäre. Ein Gestaltwandler wie sie. Oder jemand, der die Wahrheit vertrug, wie zum Beispiel Ariks Lebensgefährtin Kira. Aber Theo war so verdammt steif. Er würde sie wahrscheinlich alle an seine Regierungskollegen ausliefern und dann würden wirklich schlimme Dinge passieren.

So eine Schande, dass er sterben musste.

Aber sie würde es ihm nicht leicht machen. Sie würde versuchen, ihm einen gewissen Schutz zu bieten, und das fing mit dem richtigen Outfit an. Sie musste so tun, als wäre sie eine schlimme Schlampe, die es krachen ließ. Ein wenig ausgeflippt, so, als würde sie jedem, der ihren Mann auch nur berührte, den Arm abreißen und ihn damit verprügeln. Das ist der Anstrich, den sie sich geben wollte.

Zu diesem Zweck trug sie zerrissene Jeans, eng an den richtigen Stellen, mit Schnürungen, die die Nähte auf jeder Seite zusammenhielten. Ein Schnellverschluss, falls sie sich verwandeln musste. Ein schwarzes Trägerhemd, das leicht reißen würde. Keine Unterwäsche. Denn wenn sie sich verwandeln müsste, wäre es ihr lieber, nichts würde sich in ihrem Schwanz verfangen. Sie erinnerte sich noch an das Fiasko damals, als sie sich als eine gewisse Superheldin verkleidet hatte. Als die Zeit gekommen war, sich zu verwandeln, war sie in ihrem schicken Outfit stecken geblieben. Luna liebte es geradezu, ihr jedes Jahr das gleiche Foto zu schicken, um sie daran zu erinnern.

Mit etwas Glück sollte ihre Katze heute Abend nicht mehr gebraucht werden. Falls Marney verlangte, dass sie Theo bei ihnen lassen sollte, würde Melly zustimmen und weggehen.

Knurr. Ihrer inneren Katze gefiel diese Idee überhaupt nicht. Seltsam, wie sehr sie den Menschen zu mögen schien. Sie gab der Langeweile die Schuld. Ihre andere Seite war schon eine Weile nicht mehr draußen gewesen, um sich auszutoben. Sie suchte überall nach Unterhaltung.

Bald, mein süßes Kätzchen. Der Vollmond nahte. Sie konnte sich zwar beherrschen, aber es würde ihr schwerer fallen, wenn sie nicht bald etwas Löwendampf ablassen konnte.

Als sie aus ihrem Zimmer stolzierte, saß Theo auf einem Küchenhocker. Er drehte sich um, als er sie hörte. Die Anerkennung in seinem Blick ließ sie fast wieder zögern. Was, wenn das letzte Mal wirklich das letzte Mal gewesen war?

Dann hätte sie ihrem König gehorcht.

»Ich brauche dringend etwas zu trinken und du auch.«

»Alkohol ist jetzt wahrscheinlich keine so gute Idee.«

Sie warf ihm über die Schulter ein Lächeln zu. »Das ist immer eine gute Idee. Nur einen Drink, um uns ein bisschen Mut anzutrinken.«

»Den brauche ich nicht.« Und wie um seine Worte Lügen zu strafen, reagierte sein Körper und er nieste.

Dagegen hatte sie etwas. Sie ging an ihren Schrank und holte zwei Schnapsgläser heraus.

»Du trinkst jetzt einen Schnaps mit mir. Und er wird dir schmecken, verstanden?« Sie zog eine Flasche Zimt-Fireball heraus, der sogar ihr die Tränen in die Augen trieb, aber das würde jeden Geschmack überdecken.

Sie hielt ihm das kleine Glas hin und er zögerte, bevor er es ergriff.

Sie stieß mit ihrem gegen seines. »Hoch die Tassen.« Sie legte den Kopf in den Nacken und trank den Schnaps auf ex, und in dem Moment, in dem die

Flüssigkeit ihren Mund traf, schluckte sie sie schnell hinunter. Es brannte, ihr Mund stand in Flammen von dem Zimt. Sie keuchte, sie war sich sicher, dass sie Flammen sah.

Sie blinzelte mit tränenden Augen, um zu sehen, dass Theo so ruhig wie eh und je wirkte. Ein kurzer Blick in sein Glas zeigte, dass es leer war.

»Verdammt, Bücherwurm.«

»Sind wir jetzt hier fertig?«

»Oh, ich bin noch längst nicht mit dir fertig, aber das muss bis später warten.«

Sie hatte sich die Lippen knallrot geschminkt und küsste ihn, sodass sie einen sichtbaren Abdruck hinterließ, von dem er nicht wusste, wie er ihn wieder abwischen sollte. Ihr süßer Streber hatte keine Ahnung, wie er mit jemandem wie ihr umgehen musste. Und er würde auch keinerlei Chance haben, wenn sie sich nicht um ihn kümmerte.

Es musste doch eine Möglichkeit geben, wie sie Arik glücklich machen konnte, ohne dass es Theo das Leben kostete. Es musste ihr nur einfallen. Sie fasste Theo bei der Hand und zog ihn die Treppe hinab.

»Wir fahren mit meinem Motorrad.«

»Das Todesgeschoss? Auf gar keinen Fall.«

»Soll das etwa eine abfällige Bemerkung über weibliche Fahrkünste darstellen?«

»Nein, aber ich kenne deine Liste an Straftaten. Du hattest drei Auffahrunfälle und hast sechs Strafzettel bekommen.«

»Auf deutschen Autobahnen herrscht kein Tempolimit.«

»Weil davon ausgegangen wird, dass die Leute ihren gesunden Menschenverstand benutzen. Ich würde dir nicht empfehlen, dorthin zu ziehen.«

Das war eine sehr gute Erwiderung, woraufhin sie kurz sprachlos war. »Nicht schlecht. Wir nehmen aber trotzdem mein Motorrad.«

»Ich kann noch fahren.«

Sie schüttelte den Kopf. »Dein Wagen schreit geradezu Staatsangestellter. Er ist völlig langweilig und so. Diese Art von Fahrzeug sieht man nicht in dem Stadtteil, in den wir fahren. Außerdem ist die Fahrt nicht lang. Wir stellen das Motorrad ab und gehen den Großteil zu Fuß.« Die unterirdischen Tunnel waren nicht gerade förderlich für den Fahrzeugverkehr. Obwohl Hoverboards und Segways beliebt waren. Sie sollte wirklich eines oder sogar beides haben. Sie und die anderen Löwinnen könnten Rennen veranstalten. Sie hatte sich immer gefragt, ob die Boards mehr als ein paar Zentimeter über dem Boden schweben würden, zum Beispiel vom Rand eines Gebäudes.

»Ich bin aber nicht passend zum Motorradfahren gekleidet. Ich habe nicht mal einen Helm.«

»Mach dir keine Sorgen, ich werde dein süßes Köpfchen schon beschützen.«

Er war alles andere als begeistert, als sie ihm den knallrosa Helm lieh, der Delaney gehörte.

»Den setze ich nicht auf«, weigerte er sich.

»Fühlst du dich in deiner Männlichkeit bedroht?«, fragte sie freundlich und ließ den Helm von ihrem Finger baumeln.

»Darauf steht *PMS Prinzessin*.«

»Dabei ist sie eher eine nervtötende Diva. Wir waren höflich, als wir den Helm zu ihrem Geburtstag haben anfertigen lassen.«

Er verschränkte die Arme vor der Brust und weigerte sich, den Helm anzufassen. »Da musst du schon etwas anderes für mich auftreiben.«

»Gibst du mir jetzt Befehle? Wer hätte das gedacht?«

»Nur weil ich auf geistige Dinge stehe, bedeutet das noch längst nicht, dass ich mir alles gefallen lasse.«

»Verdammt noch mal. Jetzt hast du ganz schön ausgeteilt und warst trotzdem sexy dabei. Wie soll ich da widerstehen?« Sie zwickte ihm in die Nase. »Warte kurz.«

Den einfachen, blauen Helm, den sie ihm gab, nahm er, und als er hinter ihr auf das Motorrad stieg, freute sie sich insgeheim darüber, seine Arme um sich zu spüren. Das würde sie auf keinen Fall ihren Freundinnen erzählen. Sie würden sich nur über sie lustig machen.

Theo war ein amüsanter Partner im Bett. Eine unterhaltsame Person, aber sie durfte nicht vergessen, dass er ein Mensch war, also ausgesprochen verletzlich. Angesichts seines Wesens passte er vielleicht nicht so leicht zum Rest des Rudels. Besonders angesichts ihrer Rolle. Die Jäger konnten sich keinerlei Schwäche leisten.

Schade. Weil sie ihn wirklich, wirklich mochte.

Theo hielt sich fest, während sie durch die Straßen der Stadt jagte. Es wurde langsam dunkel, wodurch der Verkehr in einigen Gebieten abnahm, in anderen zu, aber nicht dort, wo sie hinwollten. Die einzigen Fahrzeuge dort hatten eher laute Auspuffanlagen, aufgemotzte Rahmen und dröhnende Musik. Die Busse fuhren stündlich, nur weil sie es mussten. Gerüchten zufolge bekamen die Fahrer eine Gefahrenzulage. Nicht dass es wirklich so schlimm war, solange man seinen Beitrag leistete und auf der guten Seite des Hyänen-Clans blieb. Ihre Matriarchin führte eine stramme, lachende Truppe.

Die Löwen tendierten dazu, sie zu meiden, aber da Marney nur über das Territorium des Hyänen-Clans erreichbar war, musste man eine Ausnahme machen.

Das Neonschild des schäbigen Motels blinkte – einige der Buchstaben waren ausgebrannt oder absichtlich zerbrochen, sodass es von der Schreibweise »Slick and Buttery Hotel« zu »Lick Butt Ho« wurde. Es bot stundenweise Zimmer in einer Umgebung an, von der selbst sie sich nicht ganz sicher war, ob sie sich dort länger aufhalten wollte.

Delaney hatte sich bei einer Verabredung mit einem verheirateten Mann in diesem Stundenhotel Flöhe eingefangen. Flöhe, die sich ausbreiteten. Bevor sie sie unter Kontrolle hatten, bekamen bereits viele von ihnen juckende Bisse. Aber das Peinliche daran war, dass ihnen das flüssige Flohmittel ausging und sie eine Woche lang diese dummen weißen Halsbänder tragen mussten, während ihre Wohnungen ausgeräuchert wurden.

Theo ließ sie los und stieg vom Motorrad ab, wobei er sich den Helm abnahm. Er sah nicht halb so zerzaust aus wie damals, als sie rumgemacht hatten. Für sie war es eine Quelle des Stolzes.

»Treffen wir hier deinen Kontaktmann?«, fragte er und sah sich um. Er legte den Helm auf den Sitz des Motorrads.

Als wäre der nicht innerhalb von Sekunden verschwunden. Sie spürte bereits, wie sie von mehreren Augenpaaren beobachtet wurden. Wie geprüft wurde, was sie dabeihatte. Die Blicke glitten von ihr zu ihrem Motorrad bis hin zu Theo.

Alles meine Sachen. Zeit, um klarzustellen, wem das Motorrad und der Mann gehörten. Mit dem Rücken zu Theo knurrte Melly die Schatten an, ließ das Glühen in ihren Augen aufleuchten und zeigte ihre Zähne. Sie ließ sie wissen, was passieren würde, sollten sie sich mit ihr anlegen. Sie würde sie fressen, um ihren Standpunkt zu verdeutlichen und Theo zu schützen. Und wen kümmerte es, was Arik wollte?

Ihr Blick blieb an Theo hängen und sie runzelte die Stirn. Der Instinkt, ihn zu beschützen, schien ungewöhnlich stark zu sein. Normalerweise hatte sie keine Beschützerinstinkte für diejenigen außerhalb des

Rudels. Sie schleppte normalerweise auch keine Menschen mit, wenn sie sich mit gefährlichen Waffenhändlern traf.

Dennoch hatte er ihr keine Wahl gelassen. Der Handel, sie und die anderen Schlampen aus dem Schlamassel herauszuhalten, war zu gut, um ihn sausen zu lassen. Es war nicht ihr Problem, wenn das FBI wegen Steuern und anderen Dingen hinter Marney her war. Die Händlerin hatte es in letzter Zeit sowieso darauf angelegt. Sie handelte noch mit anderen Dingen als Waffen.

Die im Labor hergestellten Drogen waren schlecht. Warum konnten die Leute nicht einfach glücklich sein und in Ruhe Gras rauchen?

Am Ende des heutigen Tages hätte Marney entweder das Finanzamt am Hals oder Melly würde auf den Streber anstoßen, den es jetzt nicht mehr gab.

Melly führte ihn in das Motel und wünschte, er hätte es zugelassen, dass sie ihn anzog, damit er nicht so auffiel. Andererseits wäre er vielleicht in Ordnung. Dies war ein Ort, an dem sogar die Verkrampften in ihren schönen Anzügen ihren Lastern frönten. Sie waren leicht zu erkennen, wenn sie ankamen, nervös und zitternd.

Theo allerdings nicht. Er hatte eine steife, aber stolze Haltung angenommen und bemerkte viel zu viel. Was hielt er wohl von den Wänden mit ihren Flecken und Spuren der Gewalt der vergangenen Jahre?

Was hielt er von der Person hinter dem Empfangstresen mit ihren regenbogenfarbigen Haaren, dem dick aufgetragenen Lidschatten und dem Schmollmund? Sie sah Theo und Melly nicht einmal an, als sie vorbeigingen.

Melly öffnete eine Tür mit der Aufschrift »Versorgungsraum«. Eine Metalltreppe knarrte, als sie nach unten gingen, und führte in einen Raum voller Maschinen, Rohre und Drähte. Es gab überraschend wenig Müll und Spinnweben. Wahrscheinlich weil die Metallluke im Boden den Zugang zu einer weiteren Ebene darunter ermöglichte.

»Wie weit runter müssen wir denn?«, fragte er, eine Spur von Besorgnis in der Stimme.

»Es ist schwer zu sagen, wie viele Meter es sind, aber noch tiefer als diese Ebene. Unter der Stadt gibt es Tunnel. Einige von ihnen sind neu. Andere sind alt. Alle sind miteinander verbunden.«

»Und dort wohnt diese Marney?«

»Ich weiß nicht, ob sie hier wohnt, aber Marney macht ihre Geschäfte von einer ihrer Höhlen aus.«

»Also gibt es mehr als eine. Wie viele sind es denn?«

Sie zuckte mit den Achseln. »Ich habe zwei gesehen. Josee behauptet, sie hätte drei gesehen, und unser Treffpunkt klingt nicht so, als würde ich ihn schon kennen. Also, wer weiß?«

»Und woher sollen wir wissen, wo Marney ist?«

»Weil wir natürlich eine Begleitung haben werden.

Du glaubst doch wohl nicht, dass sie uns einfach allein hier unten herumlaufen lassen.« In dem Moment, in dem sie das sagte, kamen sie auf der letzten Stufe an und hörten, wie die Abzüge von Waffen gezogen wurden.

Sie wusste, dass es besser war, die Hände hochzunehmen, aber Theo benahm sich wie auf einer Gartenparty. »Hallo, ich bin hier, um einen Kauf zu tätigen.«

Er hätte sich nicht mehr nach einem Drogenfahnder angehört, wenn er es darauf angelegt hätte.

Das Mädchen mit dem pink-grünen Pferdeschwanz stieß ihn mit der Mündung ihrer Waffe an. »Was zum Teufel? Hast du uns an die Polizei verraten?«, beschuldigte sie sie.

Wenn sie log, würde sie getötet, also entschied Melly sich dafür, die Wahrheit zu sagen, einfach nur, weil sie so verdammt merkwürdig war. »Das hier ist Theo. Er arbeitet für das Finanzamt. Er hat ein paar Fragen bezüglich einiger Belege.«

Shania, die mit den bunten Haaren, schnaubte. »So ein Blödsinn.«

Dieser Vollidiot glaubte noch immer, er hätte es mit Leuten zu tun, die sich an die Regeln hielten. »Ich kann Ihnen versichern, dass es stimmt. Ich arbeite für das Finanzamt. Dafür habe ich auch Beweise. Darf ich Ihnen meinen Ausweis zeigen?« Theo wollte nach seiner Brieftasche greifen.

»Lass die Hände dort, wo ich sie sehen kann«, fuhr Shania ihn an.

Selbst er verstand diesen Befehl. Er hob die Hände. »Sie können selbst nachsehen, wenn Sie möchten. Er ist in der hinteren Tasche.«

Dieses Angebot endete damit, dass Shania Theo befummelte, der nichts dagegen unternahm. Melly hingegen sah sie nur wütend an, anstatt das zu tun, was ihre innere Löwin vorschlug, nämlich diese Hände von Theos Körper zu schlagen.

Normalerweise teilte Melly gern und hätte der anderen ihr letztes sauberes Unterhöschen geliehen, sich ein Karamell mit ihr geteilt und der Schlampe ihr Motorrad überlassen, doch sie konnte nicht umhin zu knurren, als Shania den Mann befummelte, der ihren Duft trug.

Wenn du klare Verhältnisse schaffen möchtest, hättest du ihn beißen sollen. Dieser Vorschlag von ihrer inneren Katze traf sie unvorbereitet und sie blinzelte schockiert, sodass sie kaum verstand, was Shania als Nächstes sagte.

»Verdammt, er hat tatsächlich einen Ausweis.«

Shania betrachtete das Abzeichen, bevor sie es an Jenny weitergab. Jenny biss hinein, als könnte sie dadurch prüfen, ob es echt war. Barney ignorierte sie alle, während er mit seinem Telefon spielte.

»Du bist beim verdammten Finanzamt«, stellte Shania kichernd fest. »Na, das ist immerhin eine Art, Steuern zu sparen.«

»Tatsächlich haben Theo und ich uns durch meine

Steuerprüfung kennengelernt«, versuchte Melly, Zeit zu schinden.

»Und jetzt zeigst du ihm dein kriminelles Leben. Wie romantisch«, seufzte Jenny.

Eher verrückt als romantisch. Warum hatte sie sich nur darauf eingelassen?

Ach ja, um bei der staatlichen Behörde eine weiße Weste zu haben.

Anscheinend dachte er, alles wäre in Butter – und zwar von der Sorte, die ganz cremig und frisch geschlagen war –, und hielt es für angebracht, erneut ins Fettnäpfchen zu treten. »Nun, da Sie meinen Ausweis gesehen haben, möchte ich formell in meiner Kapazität als Staatsbediensteter fordern, die Person kennenzulernen, die Miss Goldeneyes offensichtlich Waffen in Militärqualität verkauft hat.«

»Er fordert etwas.« Jenny erstickte fast vor Lachen. Und das war durchaus berechtigt.

Shania hingegen kniff die Augen zusammen. »Was Miss Goldeneyes da behauptet, entspricht nicht der Wahrheit. Es gibt hier keine Waffen in Militärqualität.«

Er betrachtete die Waffe in Shanias Hand. »Ach tatsächlich?«

»Haben Sie denn die Waffen und die anderen Dinge gesehen, von denen die Katzenschlampe behauptet, sie von uns gekauft zu haben?« Shania hatte sich verraten – oder auch nicht. Der »oder auch nicht«-

Teil beunruhigte sie dabei mehr, denn es bedeutete, dass Theo hier nicht lebend herauskommen würde.

»Tatsächlich habe ich das nicht, nein«, gab Theo zu. »Doch obwohl etwas mit den Belegen nicht in Ordnung war, scheinen ihre Behauptungen hier der Wahrheit zu entsprechen. Und Sie tun Ihr Bestes, meinen Fragen auszuweichen.«

»Welchen Fragen? Sie haben eigentlich noch keine Fragen gestellt«, reizte Shania ihn.

Melly hätte jetzt gern etwas Popcorn mit Butter gehabt, während sie auf die nächste Dummheit wartete, die aus Theos Mund kommen würde. Er nahm den Begriff »beim Wort nehmen« viel zu wörtlich.

»Verkaufen Sie oder Ihr Arbeitgeber Waffen und andere Ausrüstungsgegenstände? Und wenn ja, haben Sie die entsprechenden Steuern für die eingenommenen Beträge entrichtet?«

»Das kann doch nicht dein Ernst sein.« Shania blieb der Mund offen stehen. »Niemand ist so dumm, hier hereinzuplatzen ...« Sie sprach den Satz nicht zu Ende, kniff aber misstrauisch die Augen zusammen. »Ihr seid verkabelt, nicht wahr?«

»Ich habe dabei zugesehen, wie er sich angezogen hat. Er trägt kein Mikrofon«, bemerkte Melly, die wusste, wohin das Ganze hier führte, der das aber nicht gefiel.

Shania wusste es auch, die blöde Kuh. »Das behauptest du.« Shania stieß ihn mit dem Lauf ihrer

Waffe an. »Davon möchte ich mich selbst überzeugen. Zieh dich aus und gib Jenny deine Kleider.«

Melly stellte sich im Handumdrehen direkt vor das Hyänenmädchen. Der Duft von Shanias Belustigung umgab sie mit einem moschusartigen Aroma, das Melly nervte.

Ihre Löwin lief unruhig in ihrem Inneren hin und her und verlangte, dass die Frau für ihre Frechheit bezahlen müsste. Ihr gegenüber respektlos zu sein war eine Beleidigung für das Rudel.

Theo legte eine Hand auf ihren Arm. »Ist schon in Ordnung. Ich kann ihnen zeigen, dass ich nicht verkabelt bin.« Der Mistkerl konnte es anscheinend kaum erwarten, sich vor einem Publikum auszuziehen, und zog erst seine Jacke und dann sein Hemd aus, während Melly nervös mit dem Fuß wippte und verärgert die Arme verschränkte.

Alle betrachteten Theos Oberkörper. Für einen Menschen hatte er eine ausgesprochen gute Muskeldefinition.

»Hör nicht auf«, befahl Shania.

Melly hatte eifersüchtig ihre Hände zu Fäusten geballt und schaukelte auf ihren Fußballen. Sie würde sich zuerst um Shania kümmern, dann um Jenny und sich Barney bis ganz zum Schluss aufheben.

Mittlerweile waren die Befehle des Königs egal. Das Bedürfnis, Theo zu schützen, war stärker als alles andere.

Als Theo die Hände an den Bund seiner Hose

legte, schritt Marney schließlich ein. »Lass deine Hose ruhig an, mein Freund. Du trägst kein Mikrofon, und selbst wenn, könnte sowieso niemand das Signal empfangen. Wo wir hingehen, wird niemand dich jemals finden.«

Ihre Wut verebbte, als Theo sich anzog, ohne dabei im Geringsten nervös zu sein, was einfach keinen Sinn ergab. Ein Mann wie er – ein Streber mit Anzug und Brille, ein Bürohengst von Beruf – hätte vor Angst in seinen Halbschuhen zittern sollen.

Sie hatte einen Mann in Halbschuhen mit in die Tunnel genommen.

Was war nur mit ihr los?

Nichts, das sich nicht durch einen guten Biss wieder ins Lot bringen ließe.

Knurr.

Kapitel Neun

Melly machte ein ausgesprochen wütendes Gesicht. Sie sah so aus, als hätte sie ihm am liebsten den Kopf abgebissen. Wahrscheinlich hielt sie ihn auch für den größten Idioten. Doch von dem Moment an, in dem Theodore das Trio gesehen hatte, das sie mit Waffen begrüßt hatte, war ihm klar gewesen, dass er mutig sein musste. Wie sonst sollte es ihm gelingen, nahe genug an sie heranzukommen, um mit eigenen Augen die verschiedenen Ebenen dieser Untergrundorganisation zu sehen?

Und Untergrund war in diesem Fall wörtlich zu nehmen. Das Untergeschoss ging in eine Reihe von Tunneln über, von denen gelegentlich Leitern nach oben, aber noch mehr nach unten führten. Nach unten in die dunklen Eingeweide, wo kein Sonnenlicht je hingelangte.

Beängstigend und doch berauschend zugleich. Er,

Theodore Loomer, der Eismann mit der besten Quote, wenn es um die Eintreibung geschuldeter Steuern ging, begab sich in Gefahr. Er hatte den Überblick über die Leute verloren, denen sie begegnet waren. Sie waren mit Gewehren und in einigen Fällen mit langen Messern bewaffnet. Es könnten sogar Schwerter sein.

Er hatte die Regeln hinter sich gelassen und betrat einen gesetzlosen Ort, an dem er verletzt oder getötet werden konnte. Es war kaum für ihn zu fassen, dass Melly, die Frau mit dem süßen Geschmack und den leidenschaftlichen Geräuschen, tatsächlich schon einmal hier gewesen war. Was genau war sie für eine Frau?

Die Art, die ihn dazu brachte, zu seinem eigenen Vergnügen zu handeln und die Arbeit zu vergessen. Das geschah normalerweise nicht. Er konnte es nicht zulassen, nicht wenn es sich um einen so großen Fall wie diesen handelte. Er konnte es sich nicht leisten, sich ablenken zu lassen, und deshalb musste er persönlich herausfinden, was es mit dieser Marney auf sich hatte.

Der Pfad, dem sie folgten, ging auf und ab und ging nach seiner Einschätzung auch wieder ein Stück weit zurück. Diese Verwirrungstaktik ging auf. Er wusste nicht mehr, wo er war.

Doch seltsamerweise machte er sich keine Sorgen. Cool zu bleiben war sein Ding. Eiskalt. Das entwaffnete die Menschen mehr als jedes Toben oder Getöse.

Er wusste, dass sie ihr Ziel erreicht hatten, als sie

an einer Tür ankamen, die mit blinkenden Weihnachtslichtern geschmückt war und vor der zusätzliche Wachen postiert waren. Funkelnd und hell, dienten die Lichter nur dazu, die feuchten Steinmauern zu beleuchten. Ihm fiel allerdings auf, dass er nicht mit seiner Allergie zu kämpfen hatte. Er kam normalerweise mit dem Geruch nach Moder und Fäulnis nicht zurecht. Für gewöhnlich begann seine Nase zu laufen, aber diesmal bemerkte er nichts in der Art. Und erstaunlicherweise juckte seine Nase auch nicht.

Vielleicht ein Zeichen dafür, dass es ihm besser ging?

Als er hinter Shania eintrat, war er erstaunt über den Anblick, der sich ihm bot. Zum einen hatten sie offensichtlich die Kanalisation hinter sich gelassen. Obwohl er auf dem Weg Anzeichen dafür gesehen hatte, dass es hier Bewohner gab – Vorhänge über den Gängen, Matratzen umgeben von Haufen von Habseligkeiten –, hatte er nicht erwartet, eine Stadt vorzufinden.

Die riesige Höhle, die mit Hunderten von Lichterketten beleuchtet wurde, war ein buntes Gemisch aus Naturstein, der durch Wasser und Zeit ausgehöhlt worden war, sowie eine baufällige Ansammlung von Hütten. Einige waren aus miteinander vernieteten Wellblechplatten gefertigt. Andere waren aus Holzlatten zusammengenagelt, wahrscheinlich von übrig gebliebenen Paletten. Sogar Pappe hatte ihren Nutzen, einige der schiefen Hütten bestanden aus mehreren

Lagen Karton, dessen Oberfläche feucht und schimmelig war.

Wenn er es nicht tatsächlich mit eigenen Augen gesehen hätte, hätte er gedacht, es handelte sich um eine Filmkulisse, entworfen von jemandem mit einer blühenden Fantasie. Er hatte schon Grunge und Punk gesehen. Er war mit Skatertypen vertraut. Aber die Menschen, denen er hier begegnete, waren all das und mehr. Einige trugen Stirnbänder mit pelzigen Ohren, die durch ihre Haare guckten. Andere hatten eine mit Schuppen tätowierte Haut und trugen Kontaktlinsen, die ihre Augen gelb und geschlitzt erscheinen ließen. Bei einem Typen war sogar die Zunge chirurgisch schmaler gemacht und gespalten worden. Das ließ Theodore fast schaudern, als er vorbeiging.

Er würde nie verstehen, warum manche Menschen sich entschieden, ihren Körper in etwas zu verwandeln, das nicht menschlich war. Aber er war nicht hier, um zu urteilen oder sich auch nur darum zu kümmern, wie sie aussehen wollten. Der Fall, der ihm zugewiesen worden war, war gerade explodiert. Er würde darauf wetten, dass kein einziger Bewohner dieser unterirdischen Stadt Steuern zahlte. Er hatte gerade die Entdeckung des Jahres, vielleicht sogar des Jahrzehnts gemacht.

Ihre Ankunft rief einige neugierige Blicke hervor, die hauptsächlich auf ihn gerichtet waren. Er war ein wenig übertrieben angezogen, und doch weigerte er sich, als jemand anderes verkleidet hier aufzutauchen.

Er würde sich nie in das Gesamtbild einfügen. Es würde ihm nie gelingen, die engen Hosen und das harte Aussehen nachzuahmen, das Melly so lässig angenommen hatte.

Es passte zu ihrem jetzigen Ausdruck, einem wütenden, finsteren Blick. Sie schaute nach links und rechts, und die Menschen wichen ihrem Blick aus. Fast so, als fürchtete man sie.

Lächerlich. Sie war süß und freundlich – bis sie sich auszogen und Sex hatten. Dann war sie aggressiv und fordernd. Tatsächlich war sie jetzt, da er daran dachte, auch beim Anziehen herrisch.

Ihre Eskorte führte sie in ein Gebiet im Zentrum der behelfsmäßigen Stadt. Auf der Lichtung stand nichts als ein Thron. Eine Art Thron. Er ragte mehrere Meter aus dem Boden, ein beeindruckendes Monument aus Schrott. Doch trotz der Verwendung von offensichtlichen Abfällen war es dennoch ein Kunstwerk. Die wiederverwerteten Teile verschmolzen zu einem beeindruckenden Thron. Sie blieben an seinem Fuße stehen und er betrachtete die Person, die darauf saß.

Sie trug ein rotes, mit Pailletten besticktes Kleid, dessen Dekolleté überquoll, das Tal zwischen den Brüsten tief und haarig. Die Taille war in einem Korsett eng geschnürt, wodurch eine extreme Sanduhrform entstand. Die haarigen Beine, die aus dem Rocksaum hervorschauten, endeten in Kampfstiefeln, und obwohl sie kahl war, hatte sie einen Vollbart, der ein quadratisches Gesicht umrahmte. Aus dem üppigen Bart lugte leuchtend roter Lippenstift hervor. Die Wimpern an den nicht zusammenpassenden Augen waren dicht. Der Blick forschend. Die Stimme hob und senkte sich, wenn sie sprach. »Sieh an, was haben meine Schlampen denn da hereingeschleppt?«

Melly steckte sich die Finger in die Gürtelschlaufen und schaukelte auf den Fersen. »Hallo, Marney.«

»Wenn das nicht Goldies kleines Kätzchen ist.«

»Ich habe einen Namen und du kennst ihn.«

Marney lächelte. Ein einzelner mit Silber überzogener Zahn glänzte zwischen spitzen weißen. »Namen sind für Freunde. Freunde bringen keine Staatsangestellten an geheime Orte.«

»Das tun sie schon, wenn ihnen das Finanzamt im Nacken sitzt.«

»Und wie hast du ihre Aufmerksamkeit auf dich gezogen? Hm?« Marney trommelte auf die Armlehne des Throns. »Den Gerüchten zufolge hat jemand Spuren hinterlassen, was unsere Transaktionen angeht.«

»Aber nur, weil ich eine Steuerprüfung hatte«, grummelte Melly.

Theodore sah sie überrascht an. »Du hast sie gefälscht?«

»Ja und nein. Ich habe diese Käufe tatsächlich getätigt und als ich wusste, dass du kommst, habe ich es einfach aufgeschrieben.«

»Und mich damit verraten«, schimpfte Marney.

»Das habe ich nicht«, erwiderte Melly aufgebracht. »Ich habe weder deinen Namen noch deine Adresse auf die Belege geschrieben.«

»Und doch bist du jetzt hier. Mit der Steuerprüfung.«

»Falls Sie Ihre Steuern nicht gezahlt haben, aber es richtigstellen wollen, kann ich Ihnen vielleicht einen Handel vorschlagen«, bot Theo an.

»Und wie kommest du darauf, dass ich meine Steuern nicht gezahlt habe?«, fragte Marney höhnisch. »Hast du dich ein Mal kurz umgesehen und gleich voreilige Schlüsse gezogen? Ist das nicht wieder typisch für deine Art.« Sie sprach die Beleidigung in einem leisen Knurren aus.

»Tatsächlich bin ich bereits vorher zu diesem Schluss gekommen, und zwar aufgrund der Tatsache, dass Sie illegale Waffen verkaufen.«

»Und wer behauptet das?« Marney ließ den Blick zu Melly gleiten. »Ah ja, ich denke, ich weiß, wer mich verraten hat.«

»Das letzte Mal, als ich hier war, hast du mich darum gebeten, dich meinen Freunden weiterzuempfehlen.«

»Was bist du heute doch für eine großmäulige Schlampe. Hast du vergessen, mit wem du es zu tun hast?«

»Wie könnte ich das vergessen, wenn du die abgetragene Kleidung meiner Tante trägst.«

Marney erhob sich halb, ihr Gesichtsausdruck rasend vor Wut.

Theodore griff ein, bevor ihm überhaupt klar war, was er da tat. »Ich denke, wir sollten uns alle mal beruhigen.«

»Und du solltest den Mund halten.« Der Blick aus den mit schwarzem Kajalstift umrahmten Augen traf auf ihn. »Mit dir spreche ich nicht.«

»Eigentlich tun Sie das schon, denn ich bin derjenige, mit dem Sie ein Problem haben. Nicht Melly.«

»Du bist nichts weiter als eine kleine Unannehmlichkeit, um die ich mich in Kürze kümmern werde.« Marney schnippte mit den Fingern, an deren Enden sich spitze, rot lackierte Nägel befanden. »Erledigt ihn.«

»Nein«, rief Melly. »Lasst ihn in Ruhe!«

»Du weißt doch genauso gut wie ich, dass das nicht geht.«

»Er weiß nichts«, versicherte sie.

»Er weiß genug, um uns Ärger zu machen. Du hast Glück, dass ich deinem König noch einen Gefallen schulde, sonst würdest du sein Schicksal teilen.«

Melly presste die Lippen zusammen. »Da wir gerade von Gefallen sprechen –«

»Lass mich raten, du willst, dass ich dein kleines Spielzeug verschone.« Marney betrachtete Theodore. »Das kann ich nicht tun, aber ich würde es zulassen, dass du ein letztes Mal mit ihm schläfst, unter der

Bedingung, dass ihr es vor einem Publikum tut.« Marney lächelte anzüglich.

»Wohl eher nicht«, fuhr Melly sie an. »Was muss ich tun, damit ich mit ihm hier lebend rauskomme?«

»Was bist du denn bereit zu opfern, Goldie-Junges?«

Theodore runzelte die Stirn, als er fragte: »Was tust du da?«

»Ich versuche, dir das Leben zu retten, du Idiot. Ich hätte dich nie hierher mitnehmen dürfen. Aber mach dir keine Sorgen. Ich regle das und schaffe dich hier raus.«

»Und wohin? Nun, da er eine Zielperson ist, gibt es keinen Ort, an dem er sicher ist«, erklärte Marney höhnisch.

»Ich kenne ein paar geheime Orte«, murmelte Melly.

»Wie mutig du bist, dass du dich nicht nur gegen mich auflehnst, sondern auch gegen die Wünsche deines eigenen Königs.« Marney schüttelte den Kopf so stark, dass ihre Ohrringe hin- und herschwangen. »Ich würde dich fast bewundern, wenn du nicht so dumm gewesen wärst. Wenn du ihn am Leben halten wolltest, hättest du ihm nie von mir erzählen dürfen.«

»Ich werde nicht zulassen, dass du ihn tötest.« Melly stellte sich vor ihn, als könnte sie ihn beschützen.

Sie schien tatsächlich zu glauben, dass sie ihn beschützen könnte. Sie wusste ja nicht, dass er vorbereitet war. »Hier stirbt heute niemand«, sagte er selbstbewusst. »Solange sich niemand einer Verhaftung widersetzt.«

Auf seine Worte folgte in großem Radius um sie herum komplette Stille.

Dann begann Marney zu lachen. »Du? Uns verhaften? Mit welcher Armee?«

Seine Uhr vibrierte. Das war das Signal. Er straffte die Schultern ein wenig mehr. »Hört her, Bürger der Unterwelt. Ich bin Spezialagent Theodore Loomer, und ich muss Sie darüber informieren, dass Sie offiziell unter Arrest stehen für innerstaatlichen Terrorismus, einschließlich, aber nicht beschränkt auf den Verkauf und die Bereitstellung illegaler Waffen und Steuerhinterziehung. Auf die Knie, Hände über den Kopf und kooperieren Sie, wenn Sie wollen, dass Ihre Strafe milder ausfällt.«

Nun, es war wahr, dass Theo nicht auf sehr vielen großen Razzien gewesen war. Eigentlich war dies seine Erste, aber mit dem, was danach kam, hatte er nicht gerechnet.

Gelächter.

So viel Gelächter.

Schlimmer noch, die erwartete Verstärkung kam nicht wie geplant.

Er ergriff die Gelegenheit und warf einen Blick auf die Uhr. Dort stand nur eine einzige Nachricht: *Wir sind fast da.*

Verdammte Stümper, die sich nicht an einen Zeitplan halten konnten. Schlimmer noch, dies bedeutete, dass er auf sich allein gestellt war, umgeben von Gewehren und Menschen, die von Sekunde zu Sekunde animalischer aussahen. Hatte Marney immer dieses schlangenhafte Aussehen gehabt?

Er warf Melly einen Blick zu und wünschte, er hätte sie oben gelassen, während er hier unten seine Geschäfte erledigte.

»Es tut mir leid, dass du das miterleben musst.«

»Dir tut es leid?«, sagte sie und ihr stockte der Atem. Wahrscheinlich aus Furcht. »Du Idiot, sie werden dich in Stücke reißen.«

Wie viele andere Leute auch schien sie davon überzeugt zu sein, dass er hilflos war, nur weil er einen Anzug und eine Brille trug. Er würde es ihr schon zeigen. Er würde es ihnen allen zeigen. Und hoffentlich hielt er lange genug durch, bis die Verstärkung eintraf.

»Stell dich hinter mich. Ich kümmere mich um diese Angelegenheit.« Er zog sein Jackett aus und krempelte seine Hemdsärmel hoch, was nur dafür sorgte, dass das Gelächter noch mehr anschwoll.

»Ich hätte dich noch mal niederschlagen sollen«, murmelte Melly. »Marney. Lass uns doch mal darüber reden.«

»Ist das der Punkt, an dem du dich entschuldigst und mich auf Knien anflehst? Mir vielleicht sogar die Zunge in den Hintern steckst?« Marney stand auf und hob sich ihr Kleid über die Knie.

»Eigentlich«, erklärte Melly gedehnt, »wollte ich dich fragen, ob du lieber schnell oder langsam sterben möchtest. Ich persönlich bevorzuge langsam. Das macht einen größeren Eindruck, aber aufgrund der Tatsache, dass wir schon so lange Geschäftspartner sind, könnte ich mich dazu überreden lassen, dich schnell zu töten.«

Mellys Tapferkeit beeindruckte ihn. Doch was wollte sie schon gegen diese Verbrecher ausrichten?

»Wenn ich es dir sage, versteck dich hinter irgendwas.« Erneut vibrierte es an seinem Handgelenk: 30 *Sekunden*.

Das war zu schaffen, solange niemand vorher auf ihn schoss. Er musste nur noch ein wenig länger Zeit schinden.

»Vielleicht habt ihr mich beim ersten Mal nicht gehört. Ich bin Spezialagent Theodore Loomer und ich gehöre der kriminalpolizeilichen Abteilung des Steueramtes an, die mit dem Amt für Terrorismusbekämpfung zusammenarbeitet. Legen Sie Ihre Waffen nieder und bereiten Sie sich auf die Verhaftung vor.« Er tat alles streng nach Vorschrift.

Und wie er erwartet hatte, hörten die Kriminellen nicht auf ihn.

»Tötet ihn!«, lautete die Antwort.

»Du Idiot!«, rief Melly.

Als die Waffen zum Einsatz kamen, schwirrte sein Verstand. Hilfe war nur wenige Sekunden entfernt. Da er bezweifelte, dass sie die Chefin erschießen würden, tat er das Einzige, was er tun konnte. Er stürzte sich auf den Thron und packte Marney an den Knöcheln. Er riss so fest er konnte daran, wobei die Plötzlichkeit seiner Tat sie nach unten zog und sie beide auf den Boden fielen.

Marney erhob sich mit einem Knurren. Das Kleid spannte sich an den Nähten und die Korsettschnüre rissen einer nach dem anderen.

Theodore schlug zu, die Faust landete auf Marneys Kinn. Ihr Kopf schnappte nach hinten. Bevor Marney sich erholen konnte, tauchte Theodore auf, schlang seinen Arm um ihren Oberkörper und beförderte sie beide zurück auf den Boden. Sie festzuhalten erwies sich als schwierig, da sich die Haut, die er zu greifen versuchte, seltsam kräuselte. Marney zischte heftig, während sie miteinander kämpften.

Während sie sich auf dem Boden wälzten und gegen Beine schlugen, hörte er den Schrei: »Ich kann nicht schießen. Er ist im Weg.«

Genau wie er es geplant hatte. Es wurde geschrien, zum Teil recht schrill, und auch seltsam geknurrt. Er hätte schwören können, dass er sah, wie Melly irgendwann über ihn sprang, ihre Hände waren ausgestreckt, als wären sie zu Krallen geworden, ihr Rücken pelzig – wahrscheinlich eine optische Täuschung. Genau wie die Koteletten und die glühenden Augen.

Er kämpfte mit Marney, die unheimlich stark war und schließlich Theodore unter sich festhielt. Theodore machte sich Sorgen, als Marney sich über ihn beugte, und dann traf ihn Erleichterung, als eine bekannte Stimme rief: »Einheit für Terrorismusbekämpfung! Sie sind alle verhaftet. Auf die Knie, Hände über den Kopf und keine Bewegung!«

Marneys Zischen wurde zu Verwirrung und dann Wut, wohingegen Theodore grinste. »Ich habe euch doch gesagt, ihr sollt euch nicht der Verhaftung widersetzen.«

Er stand auf, als Maverick in voller taktischer Ausrüstung eintraf, und zeigte auf den bebenden Körper zu seinen Füßen. »Verhaften Sie diese Person für Waffenhandel, versuchten Mord und Steuerhinterziehung.«

Maverick strahlte ihn an. »Verdammt noch mal, Loomer, es ist Ihnen tatsächlich gelungen, diesen Ring von Waffenhändlern auffliegen zu lassen. Gut gemacht.«

»Ohne meine Informantin wäre mir das nie gelungen«, gab er zu.

Dann hörte er eine Frau schreien: »Fass mich nicht an, Mensch.«

Als er sich umdrehte, entdeckte er Melly, die zwei bewaffnete Männer wütend ansah, die sich ihr mit Handschellen näherten.

»Verhaftet sie nicht«, rief er, »sie gehört zu mir.«

»Hat er noch nie zu einer Frau gesagt«, murmelte irgendjemand hinter seinem Rücken.

Er richtete einen kalten Blick auf den Agenten, der zumindest den Anstand hatte, verlegen auszusehen.

Aber er hatte recht. Unter normalen Umständen würde eine Frau wie Melly niemals auf einen Typen wie ihn abfahren, und das nicht nur, weil sie so unterschiedlich waren.

Als sie auf Theodore zuging, sah sie ihn misstrauisch an. Die Augen zu Schlitzen verengt und abschätzend. Sie bewertete ihn und kam wahrscheinlich zu dem Schluss, dass er nicht gut genug war. »Du bist nicht beim Finanzamt.«

»Doch, aber vielleicht in einer etwas höheren Position, als ich dich habe glauben lassen.«

»Und was heißt das?«

»Ich bin ein Kriminalbeamter, dessen Aufgabe es ist, Beweise für Betrug zu suchen, nicht nur für Steuerhinterziehung, obwohl dies mein Spezialgebiet ist.«

»Du bist einer der wichtigen Leute bei der Verbrechensbekämpfung?« Sie sah ihn ungläubig an. »Du hast mich ausgenutzt.«

Das hatte er, und als sie noch nichts weiter gewesen war als nur ein Name auf dem Papier, hatte ihm das auch nichts ausgemacht. Doch nun hatte er Schuldgefühle. »Es tut mir leid. Ich konnte dir nicht erzählen, was ich vorhatte.«

»Okay, das verstehe ich.« Zu seiner großen Überraschung fing sie an, laut und lange zu lachen. »Oh, das werde ich mir noch lange von meinem Chef anhören müssen. Ganz abgesehen von der Tatsache, dass du noch am Leben bist.« Sie richtete den Blick auf ihn. Dann trieben die Agenten diejenigen zusammen, die es während der Razzia nicht geschafft hatten zu fliehen. »Wie konntest du sie überhaupt zu Marney führen? Trägst du einen Sender?«

»Ja. Und der ist stärker als das für die Öffentlichkeit verfügbare Material.« Er hielt sein Handgelenk hoch und zeigte auf seine Uhr.

»Verflucht, das ist ja wie bei James Bond. Verdammt heiß.« Sie schüttelte den Kopf. »Das ändert aber nichts an der Tatsache, dass du mich angelogen hast.«

»Das hast du doch auch«, entgegnete er.

»Ja, aber du hast es getan, damit du nahe genug an mich rankommen konntest, um Marney verhaften zu können. Und das bedeutet wahrscheinlich, dass wir miteinander fertig sind.« Sie ließ die Mundwinkel hängen, als wäre sie bei dem Gedanken ausgesprochen traurig.

Er hätte ihr fast die Wahrheit gesagt, dass sie und ihre Freunde seine Mission waren, aber damit hätte er seine Auftraggeber verraten. Und spielte das überhaupt noch eine Rolle, da er seine moralischen Werte bereits durch den Sex mit ihr kompromittiert hatte?

Die Tatsache, dass er sich so unwohl in seiner Haut fühlte, konnte vielleicht die Erklärung dafür sein, dass er als Nächstes herausplatzte: »Ich werde hier nicht mehr gebraucht. Was hältst du davon, wenn wir zu mir fahren und duschen?«

Kapitel Zehn

Angesichts der Tatsache, dass sie dabei war, als Menschen Gestaltwandler festnahmen – und sie mit Schuld daran hatte, was Melly Unbehagen bereitete –, fing sie nicht an, mit Theo zu diskutieren. Ein Mann, der doch vielschichtiger war, als sie erwartet hatte.

Er hatte es geschafft, sie zu überraschen. Sie dachte, sie wüsste genau, wer er war, und doch stellte sich heraus, dass er nicht der war, für den sie ihn hielt. Zum einen war er weder ein Bürohengst noch ein Langweiler. Er war ein supergeheimer Geheimagent. Total heiß. So würde sie es auch darstellen, sollten sich die Schlampen über sie lustig machen.

Allerdings bräuchte sie einen besseren Plan für Arik. Er würde ausflippen, wenn er herausfand, was passiert war. Sie sollte eine Bedrohung beseitigen.

Stattdessen hatte sie das Rudel versehentlich einer größeren ausgesetzt.

Was wäre, wenn Marney und die anderen redeten? Oder etwas Dummes taten, wie zum Beispiel, sich während der Haft zu verwandeln? Was, wenn sie dann anfingen, andere Gruppierungen von Gestaltwandlern zu verraten in der Hoffnung, ihre Haftstrafen zu minimieren?

Während der Heimfahrt schwiegen sie, wahrscheinlich weil er nicht wusste, wie er sich für seine Lüge entschuldigen sollte. Er hätte ihr sagen können, dass er das Sondereinsatzkommando gerufen hatte. Oder ihr zumindest eine coole kugelsichere Weste besorgen können.

Er war schlau genug, um sich zu entschuldigen, als sie in seine Garage fuhren. »Es tut mir leid, dass ich es dir nicht sagen konnte.«

»Ist schon in Ordnung.« Denn sie hatte ihre eigenen Geheimnisse. »Aber das wird dich teuer zu stehen kommen.«

»Was wird es mich kosten?«, wollte er wissen.

»Wenn du damit fertig bist, dich zu entschuldigen, wirst du Muskelkater in der Zunge haben.«

Einen Moment lang sah er schockiert aus, doch dann lächelte er. »Ich werde mein Bestes geben.«

In dem Moment, in dem sie seine Wohnung betraten, zog er sie in seine Arme, um sie zu küssen.

Ein Teil von ihr war sich der Tatsache durchaus bewusst, dass er hoffte, sie damit abzulenken. Um sie vergessen zu lassen, was er getan hatte. Aber das Wissen hielt sie nicht davon ab, sich der Leidenschaft hinzugeben. Sie küsste ihn, als wollte sie ihn verschlingen. Er umarmte sie genauso fest.

Es gab kein Zögern, keine Schüchternheit. Er wusste, was er wollte, und er nahm es sich. Diesmal war es ihr Rücken, der gegen die Wand prallte. Er lehnte sich schwer an ihren Körper und sie genoss es. Sie liebte es. Wurde sogar ein wenig feucht, als er ungeduldig an ihrer Hose zerrte und heftig genug zog, sodass die Bänder rissen. Bänder, die die Tatsache, dass sie sich im Untergrund halb verwandelt hatte, überlebt hatten und jetzt nicht mehr ganz so fest waren, aber es war trotzdem heiß, dass er es kaum erwarten konnte.

Nachdem ihre Hose weg war, brauchte es nicht viel, um sie zu entblößen. Diesmal brauchte sie nicht auf seinen Körper zu klettern, denn er packte sie an der Taille und hob sie hoch. Er stieß in dem Moment in sie hinein, in dem er mit der Spitze seines Schwanzes ihre feuchte Stelle fand.

Er stieß hart in sie hinein. Und sie liebte es. Sie liebte jeden kraftvollen Stoß. Die Art, wie er sie ganz für sich beanspruchte, entschlossen und kraftvoll. Ein tiefes Knurren stieg aus seiner Kehle empor. Ein Grollen, das keiner Bestie gehörte und doch genau dazu passte.

Was hatte er nur an sich? Warum wollte sie ihn so sehr?

Nach dem Sex, als echter Gentleman, bereitete er

ihr eine Mahlzeit zu. Und sogar eine große. Pfannkuchen, Speck, Wurst, Obst, Schlagsahne und echten Ahornsirup. Flüssiges Gold. Sie war immer noch wütend, dass Arik ihren Plänen, es zu schmuggeln, Einhalt geboten hatte. Sie hatte sogar Tabellen, die zeigten, wie selten echter Sirup war und wie viel er auf dem Süßigkeitenmarkt einbringen konnte. Insbesondere stimmte Arik nicht dem Plan zu, Bäume in Kanada niederzubrennen, um den wenigen Zuckerstrauchfirmen in den USA, die Saft produzierende Bäume besaßen, eine Vervierfachung ihres Wertes zu sichern. Eine Schande, da sie Aktien gekauft hatte.

Dann hatten sie erneut Sex, diesmal auf der Küchentheke. Vielleicht kam auch etwas von dem Ahornsirup zum Einsatz. Eine heiße Dusche beseitigte die klebrigen Reste, nachdem sie fertig waren. Dann kam die Morgendämmerung, also gingen sie zu Bett.

Da er ein Mann war, war er sofort weg, kuschelte sich aber an sie. Was das Seltsamste überhaupt war.

Aber auch ausgesprochen angenehm. Normalerweise fand sie es nicht so schön, zusammengekuschelt zu schlafen. Sie hatte gern ihr eigenes Reich, besonders wenn es aus einem Kissen in der Sonne bestand.

In Löffelchenstellung mit Theo einzuschlafen war fast so schön wie ein Sonnenbad. Warm und gemütlich. Sie wollte nicht weggehen. Musste es aber.

Es bedurfte eines etwas komplizierten Manövers, um sich aus seiner Umarmung zu lösen. Sie machte sich nicht die Mühe, ihre Kleider mitzunehmen, sondern tappte aus seinem Schlafzimmer heraus und machte an der Tür des Zimmers daneben halt. Also vor dem Zimmer, das sie noch nicht gesehen hatte. Was versteckte er dort? Sie bedauerte nun, dass sie nicht früher nachgesehen hatte. Vielleicht hätte sie dann früher bemerkt, was er im Schilde führte.

Obwohl sie dann immer noch mit ihm geschlafen hätte. Sie hasste es einfach, im Dunkeln zu tappen. Ein echter Hacker sollte immer einen Schritt voraus sein.

Die Tür hatte ein Schloss und ließ sich nicht öffnen, egal wie sehr sie zerrte und zog, den Fuß an den Türrahmen gestützt, während sie versuchte, es zu knacken.

»Suchst du etwas Bestimmtes?«

Sie erschrak. Und zwar so sehr, dass sie fast an die Decke gesprungen wäre und sich mit ihren Krallen dort festgehalten hätte. Stattdessen landete sie wieder auf den Füßen und versuchte, unbedarft auszusehen, obwohl sie nackt war. »Hey, Bücherwurm.«

Nicht gerade ein passender Spitzname, da er momentan seine Brille nicht trug und nur seine Boxershorts anhatte. Der Rest von ihm war wunderbar nackt.

Er verschränkte die Arme vor der Brust und wurde dadurch noch attraktiver. »Gibt es einen Grund dafür, warum du versuchst, in mein Büro einzubrechen?«

»Ist es das, wohin diese Tür führt?«, fragte sie. »Denn es könnte genauso gut ein Schlachthaus sein, in dem du deine Opfer zerstückelst.«

»Diese Bemerkung werde ich nicht mal mit einer Antwort würdigen.«

»Gut, dann beantworte mir doch bitte folgende Frage: Warum ist die Tür verschlossen, obwohl du alleine lebst?«

»Wegen neugieriger Gäste, die über Nacht bleiben.«

Anstatt es zu leugnen zu versuchen, wedelte sie mit dem Finger herum. »Ich habe ein Recht dazu, neugierig zu sein. Du hast Dinge vor mir geheim gehalten.«

»Das habe ich getan. Und ich darf Geheimnisse haben. Genauso wie du Geheimnisse haben darfst.«

»Ich habe keine Geheimnisse.«

Er zog eine Augenbraue hoch. »Ich bin überrascht, dass dir bei dieser Riesenlüge keine lange Nase wächst.«

»Was soll das denn heißen? Und warum sollte ich eine lange Nase bekommen?« Sie fasste sich an die Nase.

»Das war eine Referenz zu Pinocchio. Der Holzpuppe, die ein Junge sein wollte.«

Sie machte ein leeres Gesicht, um ihn noch weiter zu ärgern. »Eine Referenz zu wem?«

»Vergiss es. Es ist nur eine klassische Kindergeschichte.«

»Meine Mutter hat mir als Kind Modemagazine vorgelesen. Und du versuchst, mich abzulenken. Ich will es sehen.« Sie stieß mit dem Finger in seine Richtung.

»Warum willst du unbedingt mein Büro sehen?« Er lehnte sich an die Wand und ließ seine Arme nach unten gleiten, wobei er den Blick auf eine muskulöse Brust freigab, die so viel besser definiert war, als es sich für einen Streber gehörte. Und sie war verführerisch. So ausgesprochen verführerisch.

Sie versuchte, sich auf ihn zu konzentrieren und nicht auf das verlangende Pochen zwischen ihren Beinen. »Weil du mir das schuldig bist. Ich möchte wissen, wer du bist.«

»Ich dachte, wir hätten die Vorstellung schon hinter uns.«

»Haben wir das? Es ist nämlich unmöglich, dass du eine weiße Weste hast. Jede einzelne Suche, die ich durchgeführt habe, hat nichts ergeben.«

»Und wer hat dir den Befehl erteilt, mich zu überprüfen?«

Als würde sie ihm erklären, dass sie als Hackerin für das Rudel arbeitete. An dem Tag, an dem sie ihn kennengelernt hatte, hatte sie ihn durch verschiedene Datenbanken laufen lassen und nicht ein einziges interessantes Resultat erzielt. Könnte es tatsächlich sein, dass er überhaupt nichts auf dem Kerbholz hatte? »Das Rudel lässt Leute von außerhalb immer überprüfen. Und zwar ausgesprochen gründlich. Die Suche nach dir hat nichts ergeben.«

»Aber das ist doch etwas Gutes.«

»Niemand ist so perfekt.«

Daraufhin musste er grinsen. »Soll ich mich jetzt etwa dafür entschuldigen?«

»Wer bist du in Wirklichkeit? Denn das Finanzamt hat keine Antiterroreinheit.«

Er zog eine Augenbraue hoch. »Nein, aber wir haben Zugriff auf andere Einheiten des Staates. Wie dem auch sei, trotz allem, was du während der Razzia gesehen hast, arbeite ich bei der Steuerbehörde. Mein Ausweis ist echt.«

Sie winkte ab. »Schon gut, vielleicht arbeitest du ja wirklich für sie, aber du bist auch noch irgendetwas anderes. Ich habe gesehen, was du gestern Abend gemacht hast.«

»Meinen Job?«

»Du hast jemandem wirklich den Hintern versohlt.«

»Ich habe mit einer Person gekämpft und das noch nicht mal besonders gut. Ich konnte Marney kaum halten.«

»Und selbst das gelingt den meisten Leuten nicht.« Sie schürzte die Lippen und stellte schließlich die Frage, die ihr am meisten auf der Seele brannte. »Hast du noch mehr Geheimnisse?« Und sie wollte unbedingt, dass er sagte, dass sie alles wüsste. Dass er sonst nichts zu verstecken hatte.

Stattdessen ließ er den Kopf hängen. »Die Razzia bei dem Waffenhändler war zwar ein Bonus, aber nicht der wahre Grund dafür, warum ich mich mit dir und deinen Freunden getroffen habe.« Vor Schuldgefühlen stieg ihm die Röte ins Gesicht.

»Da ist noch mehr?« Ihr Herz begann zu rasen. Er hatte doch sicher nicht ihr Geheimnis herausgefunden. Aber sie musste sich dessen sicher sein. »Aufgrund deines Interesses an mir und meiner Familie nehme ich an, du gehst davon aus, dass die Pride Group Übles im Schilde führt.«

»Tatsächlich wissen wir bereits, dass ihr die Gesetze brecht«, lautete seine Antwort. Dann griff er nach dem Türknauf der verschlossenen Tür. Sie sprang klickend auf.

»Wie hast du sie aufgesperrt?«

»Es ist ein biometrisches Schloss«, erklärte er, während er die Tür öffnete.

Als sie sah, was er in dem anderen Raum versteckte, musste sie von der ganzen neuartigen Technologie blinzeln, die noch nicht weitläufig in Gebrauch war.

»Oh nein«, murmelte sie.

Sie trat ein und schaute sich um. Die Computerausrüstung, die an die Wand gehefteten Bilder. Bilder nicht nur von ihr, sondern auch von ihrer Familie, ihren Freunden und mehr als ein paar anderen Löwen.

Mit einem nervösen Lachen zeigte sie darauf. »Ich dachte, du hättest eine Katzenallergie.«

»Die habe ich auch. Und diese riesigen Katzen, die ihr versteckt, würden auch erklären, warum meine Nebenhöhlen zu sind, jedes Mal wenn ich dieses verdammte Haus betrete. Wie lange handelt dein Chef schon mit exotischen Tieren? Woher bezieht er sie? An wen verkauft er sie?«

Er lag mit seiner Einschätzung der Situation so daneben, dass sie fast aufgelacht hätte. »Du glaubst, er verkauft sie auf dem Schwarzmarkt?«

»Verkaufen, handeln, es spielt keine Rolle. Es ist illegal und offensichtlich, wie er seine Geschäfte finanziert.«

Sie lachte vor Erleichterung auf, doch es hielt nicht lange an. Dann wurde ihr etwas klar.

»Du hast uns ausspioniert.« Nicht nur auf elektronische Weise, sondern auch mit richtigen Kameras und Beobachtungsnotizen.

Das war schlimm.

»Ich habe den Auftrag herauszufinden, woher die Einnahmen von Pride Industries stammen.«

»Also diese ganze Geschichte, dass du mich wegen Steuerhinterziehung drankriegen wolltest und mir einen Handel angeboten hast ...«

»War nur ein Trick, um dich dazu zu bringen, mögliche Verbindungen zu eurer Einnahmequelle aus dir herauszuholen. Als du mir allerdings von den Waffen erzählt hast, war ich abgelenkt.«

»Weil du noch mehr rausholen wolltest«, murmelte sie.

»Ich mache nur meinen Job.«

»Aber wir tun nichts Illegales.«

»Die Beweise sprechen gegen euch.« Er zeigte auf

eine Löwin mit dunklerem Fell, die auf einem der Bilder auf dem Dach ein Sonnenbad nahm.

Melly war an diesem Tag nicht in der Stimmung gewesen, sich im geschlossenen Pavillon zu sonnen. Die verspiegelten Fenster waren nicht dasselbe wie direktes Sonnenlicht.

Arik würde wahnsinnig sauer sein.

»Bitte glaub mir, wenn ich dir sage, du möchtest nicht, dass jemand von dieser Sache erfährt«, versicherte sie ihm.

»Dazu ist es jetzt schon zu spät. Falls du mir das Wortspiel erlaubst, die Katze ist aus dem Sack. Wenn du allerdings eine Zeugenaussage gegen deinen Chef machst, könnte es sein, dass ich bei dir mildernde Umstände geltend machen kann.«

»Du würdest mich verhaften lassen?«

»Eigentlich will ich das nicht.« Er schien hin- und hergerissen – war aber auch stur. »Allerdings kann ich dich nicht beschützen, wenn du nicht zustimmst, mir zu helfen.«

»Oh, Theo.« Sie seufzte und trat näher an ihn heran. Dann sah sie zu ihrem Geliebten hoch.

Er war so ein wunderbarer Mann. Es tat ihr fast mehr weh als ihm, dass sie so hart zuschlug, sodass er k. o. ging.

Kapitel Elf

»Du hast was getan?«, schrie Arik sie an.

Melly rieb mit der Spitze ihres Turnschuhs gegen den Teppich und wagte es nicht, ihren König anzusehen. »Ich wusste nicht, was ich sonst machen sollte. Er wollte uns wegen unerlaubten Tierhandels anzeigen.«

»Mit nichts außer ein paar Fotos als Beweismittel? Meine Anwälte hätten ihm seinen Fall in der Luft zerrissen. Stattdessen hast du den Typen k. o. geschlagen und her geschleift.« Arik zeigte auf Theo, den sie mit gefesselten Händen und einer Kapuze über dem Kopf vorsichtig auf die Couch in Ariks Büro gelegt hatte.

Es hatte verdammt viel Gelächter gegeben, als sie angekommen war und den bewusstlosen Theo aus dem Kofferraum gezerrt hatte. Die verdammten Schlampen hatten herumgestanden und sich totgelacht, anstatt zu helfen. Und dann hatten sie noch blöde Bemerkungen gemacht, wie zum Beispiel: »Melly ist so verzweifelt, dass sie jetzt schon Männer entführt.«

»Ich habe Panik bekommen«, gab sie zu.

»Und jetzt musst du das Ganze wieder in Ordnung bringen.«

»Was soll das heißen?«, fragte sie.

»Lass es wie einen Unfall aussehen.« Arik blickte sie streng an.

»Wie bitte?«, keuchte sie.

»Ein Feuer wäre vielleicht eine Möglichkeit.«

»Ich werde ihn nicht töten.« Das konnte sie nicht.

»Das ist ja wohl klar. Wir sollten in der jetzigen Situation auf keinen Fall noch mehr Aufmerksamkeit auf uns ziehen. Was bedeutet, dass wir ausgesprochen subtil vorgehen müssen.« Arik betrachtete Theo.

»Und inwiefern ist ein Feuer subtil?«

»Die Ursache für einen Brand kann so etwas Einfaches sein wie ein Topf auf dem Herd, der in Flammen ausbricht. Oder vielleicht eine Zigarette, die auf die Couch gefallen ist.«

»Er raucht doch gar nicht.«

Er winkte mit der Hand ab. »Wie das Feuer ausbricht, ist auch nicht so wichtig, solange die Beweise bei der vollständigen Vernichtung der Wohnung zerstört werden. Wir können alle elektronischen Spuren verschwinden lassen, aber wir müssen dafür sorgen, dass jegliche Beweise, die er ausgedruckt hat, zerstört werden.«

»Und was ist mit seinem Arbeitgeber? Dem hat er doch sicher auch schon Kopien geschickt.«

»Aber auch der wird sie nicht lange behalten«, verkündete Arik grimmig.

»Und was geschieht mit Theo, nachdem wir die Wohnung zerstört haben?«

»Ich sorge dafür, dass meine Hacker ihm eine entsprechende Straftat anhängen, vielleicht Wirtschaftsspionage, damit er seine Zeit in einem Wirtschaftsgefängnis absitzen kann.«

»Das kannst du doch nicht machen. Er hat doch gar nichts getan.« Der Mann hatte nur seinen Job gemacht.

»Er hatte es vielleicht nicht vor, doch jetzt stellt er eine Bedrohung für uns dar. Denk daran, dass wir tödlichere Maßnahmen ergreifen müssen, wenn wir ihn nicht auf humane Art und Weise unschädlich machen können.«

»Ich möchte nicht, dass er stirbt«, gab sie zu und ließ beschämt den Kopf hängen.

Ariks Stimme wurde sanfter. »Und da ich das jetzt weiß, versuche ich, dir dabei zu helfen, dass er nicht als weitere Leiche im Wald endet. Du hättest etwas sagen sollen, bevor es zu der Tragödie mit Marney gekommen ist.«

Sie rümpfte die Nase. »Ja, das tut mir leid.«

»Es braucht dir nicht leidzutun. Wir haben beide Fehler gemacht. Ich hätte ja auch eingreifen können, als ich durch unsere Kanäle von der Razzia erfahren habe, doch ich habe es nicht getan.«

Sie machte große Augen. »Du wusstest von dem Eintreffen des Sondereinsatzkommandos?«

»Aber nur ganz kurz davor. Ich hatte keine Zeit mehr einzugreifen, doch es ist mir gelungen, die Verhafteten auf freien Fuß setzen zu lassen.«

»Sie sind bereits freigekommen?«

»Ja, mit ein bisschen Hilfe. Und jetzt schulden mir Marney und ihre Spießgesellen einen Gefallen.« Er grinste.

»Das ist ja wirklich hinterhältig.«

»Ich weiß.«

Sie seufzte. »Ich komme mir wirklich ziemlich dumm vor. Ich hätte nie vermutet, dass er mich ausnutzt. Man sollte meinen, dass ich kein Problem damit hätte zu töten.« Sie hatte Leuten schon für weniger die Eingeweide herausgerissen.

»Du hast den Menschen lieb gewonnen. Das kommt vor. Ich sollte es wissen, da ich einen geheiratet habe. Aber bedenke, dass die Sicherheit des Rudels wichtiger ist als der Einzelne.«

Sie wusste das und war in der Vergangenheit nie davor zurückgeschreckt, Bedrohungen zu beseitigen. Aber diese Leute waren nicht Theo gewesen. »Ich werde mir mehr Mühe geben.«

»Das weiß ich. Angesichts all dessen, was passiert ist, denke ich, dass es an der Zeit ist, dass wir die Stadt verlassen und uns etwas früher als geplant aufs Land zurückziehen. Bis die Dinge sich beruhigt haben.«

»Ich gehe, sobald ich mich um Theo gekümmert habe.« Sie blickte ihn an, wie er noch immer bewusstlos auf der Couch lag.

»Da wir gerade davon sprechen.« Arik griff in eine Schublade und nahm einen Plastikkoffer heraus.

»Was ist das?«

Er klappte ihn auf und gab den Blick auf mehrere Fläschchen und eine darin befindliche Spritze frei. »Wir haben im Labor ein Serum getestet. Es ist ein experimentelles, aber bisher scheinbar wirksames Serum.«

»Was bewirkt es?«

»Es bringt das Kurzzeitgedächtnis durcheinander. Ein paar Tage bis zu einer Woche. Mehr als genug, damit er vergisst, jemals hierhergekommen zu sein, und auch das, was er in den Abwasserkanälen gesehen zu haben glaubt.«

»Er war nicht der Einzige, der dort war. Wirst du allen das Mittel verabreichen?«

Er schüttelte den Kopf. »Das ist nicht notwendig. Sie wurden jetzt alle wegen einer Vergiftung durch Abwassergase behandelt, zu deren Nebenwirkungen Halluzinationen gehören.«

»Und was ist mit denen, die festgenommen wurden?« Ein paar von ihnen sahen alles andere als menschlich aus.

»Es ist schon merkwürdig, dass während der

Flucht alle Bilder von ihnen verloren gingen, und ist es nicht erstaunlich, was man heutzutage mit plastischer Chirurgie alles anstellen kann?«

Ihr Chef hatte wirklich an alles gedacht. Sie nahm den Koffer mit den Medikamenten von ihm entgegen.

»Und du bist sicher, dass Theo sich an nichts erinnern wird?«, fragte sie.

»Selbst wenn er sich an etwas erinnert, wird es nur vage sein und völlig unzusammenhängend.«

Das war wirklich perfekt geplant. Er würde sich nicht mehr daran erinnern, was real war und was nicht, und wer würde ihm ohnehin glauben? Vielleicht würde er sich nicht mal daran erinnern, sie jemals kennengelernt zu haben.

Das war sicher sowieso das Beste.

Trotzdem war sie traurig, als sie ihm die Kapuze abnahm und feststellte, dass er wach war und sie ansah.

»Tu das nicht«, sagte er. »Ich kann dir helfen.«

»Du hilfst mir, indem du vergisst.« Sonst müsste sie ihn jagen und ihn anderweitig loswerden.

»Ich will dich aber nicht vergessen«, platzte er heraus und sie wusste, dass es der Wahrheit entsprach, weil seine Wangen ganz rot wurden.

»Ich habe keine Wahl. Du könntest alles ruinieren.«

»Ich kann dich beschützen.«

Er verstand noch immer nicht, dass sie *ihn* beschützte, indem sie ihm die Nadel in den Arm stach.

»Es tut mir leid.« Sie küsste ihn, als sie den Kolben nach unten drückte und seinen geheimen Inhalt verteilte. Sie küsste ihn und fühlte sogar Tränen. Sie, ein knallhartes Luder, weinte über einen menschlichen Mann.

Er knurrte in ihren Mund und bockte, küsste sie und war gleichzeitig wütend. Er biss ihr in die Unterlippe, hart genug, sodass Blut zum Vorschein kam, als er murmelte: »Es ist noch nicht vorbei.«

Nur war es das.

Er verfiel erneut in die Bewusstlosigkeit und sie rieb sich die Unterlippe. Sein Biss war kaum zu sehen und doch ...

Es ist noch nicht zu spät, ihn zu dem Deinen zu machen.

Außer, dass es schon zu spät war. Sie hatte ihm bereits eine Spritze gegeben. Er würde sich nicht mehr an sie erinnern, wenn er aufwachte.

Sie schniefte erneut. Verdammt, vielleicht hatte sie sich seine Allergie eingefangen.

Mit der helfenden Hand einer ausnahmsweise mal schweigenden Luna brachte sie Theo in seinen Wagen. Als sie sich seiner Doppelhaushälfte näherten, sah sie die blinkenden Lichter. Schon bald roch sie trotz hochgekurbelter Fenster Rauch. Da alle bereits einen Block entfernt standen und auf den Schauplatz des Geschehens blickten, befreite sie Theo aus dem Fahrzeug und lehnte ihn gegen eine Wand. Er war noch nicht aufgewacht. Wenn er aufwachte, wäre er völlig durcheinander.

Sie drückte einen leichten Kuss auf seine Lippen. »Tschüss, mein süßer Streber.«

Ich werde dich vermissen.

Trauriges Knurren.

Kapitel Zwölf

Er hatte rasende Kopfschmerzen. Verdammt sei Melly, weil sie ihn erneut niedergeschlagen hatte. Nur dass das diesmal nicht alles gewesen war. Sie hatte ihm auch irgendetwas gespritzt –

Fast wäre er darauf gekommen, doch plötzlich verschwand der Gedanke einfach. Sein Geist war ganz leer.

Blinzelnd bemerkte Theodore, dass er draußen auf dem Bürgersteig saß, und obwohl es Nacht war, wurde die Dunkelheit von Lichtern erhellt. Rot, blau und weiß. Notfallfahrzeuge. Als er den Kopf drehte, sah er die Feuerwehrleute auf der Straße, die ein Inferno bekämpften, das aus den Fenstern eines Gebäudes leckte.

Ich wohne dort.

Er wohnte. Er glaubte nicht, dass viel zu retten war. Er schluckte, seine Zunge war schwer und dick.

Er hob die Finger an seinen Kopf und spürte die Beule dort. Was war passiert?

Sie hat mich geschlagen.

Dann hat sie mich betäubt.

Die trägen Gedanken brauchten eine Weile, bis sie wirklich durchsickerten. Es war fast so, als wollte er alles vergessen. Als ob sein Geist das Wissen absichtlich verstecken wollte. Das kam überhaupt nicht infrage.

Er bemühte sich, sich zu erinnern, und stieß gegen eine verschwommene Barriere, die zusammenbrach und seine Erinnerungen preisgab: von ihrer ersten Begegnung bis hin zur Razzia in den Tunneln, dem Liebesspiel und wie er sie dann in seinem Büro mit der Anschuldigung des Handels mit exotischen Tieren überrascht hatte. Sie hatte ihn niedergeschlagen, und was dann? Die vage Erinnerung an Stimmen wollte sich einfach nicht zu einem Sinn oder einer Form zusammenfügen. Er hatte eine schwache Erinnerung daran, dass sie ihn küsste und sich entschuldigte, bevor sie ihm eine Nadel in den Arm stach. Angesichts des Feuers war sie offensichtlich beschäftigt gewesen. Sie wollte die Beweise vernichten, aber sie hatte ihn nicht getötet. Zumindest hatte sie ihm ein Mindestmaß an Respekt entgegengebracht. Das, was sie geteilt hatten, zählte zumindest ein wenig.

Andererseits, was hatte er erwartet? Er hatte sie angelogen. Er hatte sie an der Nase herumgeführt, damit er seine Aufgabe erfüllen konnte. Er war diese

Aufgabe wie jede andere auch angegangen, nur hatte sich herausgestellt, dass Melly mehr als nur eine Mission für ihn war.

Er sorgte sich um sie. Nicht dass sie das jetzt jemals glauben würde. Sie musste ihn hassen. Der Gedanke machte ihm zu schaffen, denn er hasste sie ganz bestimmt nicht. Sie hatte es tatsächlich geschafft, den abenteuerlustigen Mann in ihm zu finden. Mit ihren schlampigen Gewohnheiten gab sie ihm einen Weg, sich für sie nützlich zu machen. Mit ihrem sanften Stöhnen gab sie ihm das Gefühl, der männlichste aller Männer zu sein.

Und er wollte sie einfach aus seinem Leben verschwinden lassen?

Als er einen Blick auf das brennende Gebäude warf, stand er auf und ging in die entgegengesetzte Richtung, zu ihr in die Wohnung. Das Problem war, dass ihn bei seiner Ankunft niemand mehr reinlassen wollte.

Die Stimme am anderen Ende der Sprechanlage verweigerte ihm den Zutritt. »Es tut mir leid, Mr. Loomer, aber Sie haben hier keinen Zutritt.«

»Rufen Sie Melly an. Sagen Sie ihr, es ist Theodore. Theo. Sie wird mich reinlassen.«

»Melly ist nicht hier. Äh, ich meine, ich kann ihre Anwesenheit in diesem Establissement weder bestätigen noch leugnen.« Er ratterte die auswendig gelernte Phrase runter.

»So ein verdammter Blödsinn.« Das Schimpfwort,

obwohl er es nur selten gebrauchte, kam ihm leicht über die Lippen, als seine Frustration anstieg. Sie wäre doch sicher nicht so ... so was? Wenig an seiner Anwesenheit interessiert? Würde sie es nicht mal zulassen, dass er ihr alles erklärte? Er hätte niemals zugelassen, dass ihr etwas passiert.

Als seine Versuche, ins Haus zu gelangen, fehlschlugen, gab er sich schließlich damit zufrieden, im Büro anzurufen, was ebenfalls ein wenig frustrierend war, da er sein Handy verloren hatte. Oder vielleicht hatte Melly es ihm abgenommen.

Es spielte keine Rolle. Er kaufte sich mit der Brieftasche, die er hatte behalten dürfen, ein neues. Er musste ein paar Codes eingeben und wurde ein paarmal verbunden, bevor Maverick endlich abhob.

»Loomer! Wo haben Sie gesteckt? Es gibt ein paar Leute, die sich gern mit Ihnen über den Vorfall mit der Lippenstiftgranate unterhalten möchten.«

»Worüber?«

»Den Waffenschmugglerring, den auffliegen zu lassen Sie uns geholfen haben. Wir haben jahrelang versucht, sie dranzukriegen. Immer wieder fanden wir Beweise für die Waffen, aber nie dafür, woher sie stammten. Nur schade, dass sie entkommen konnten.«

»Wie bitte?«

»Ein Massengefängnisausbruch, wie wir ihn in der Form noch nie zuvor gesehen haben. Sie sind alle entkommen, auch die Drahtzieherin des Ganzen, Marney, aber es spielt keine Rolle. Wir kennen jetzt ihre Namen und Gesichter. Es wird nicht lange dauern, bis sie wiederauftauchen.«

»Was den anderen Fall betrifft, Sir –«

»Sagen Sie mir jetzt nicht, Sie arbeiten noch an dem Fall gegen die Pride Group. Haben Sie meine Nachricht nicht bekommen?«

»Was für eine Nachricht?«

»Die, in der ich Ihnen sage, Sie sollen das Ganze fallen lassen. Wir haben keinerlei Interesse mehr an der Pride Group.«

»Aber die Beweise –«

»Der Nachweis unzulässiger Steuererklärungen wurde abgehakt. Die Steuererklärungen wurden geändert, Geld zurückgezahlt und die Bußgelder bearbeitet.«

Theodore schloss die Augen und lehnte sich gegen die Backsteinmauer. »Aber es ging doch gar nicht mehr nur um die Einkommensteuererklärungen. Was war denn mit den Löwen?«

»Das waren keine echten Löwen. Anscheinend leben in dem Haus ein paar Freaks. Sie gehören irgendeiner merkwürdigen Sexsekte an, deren Mitgliedern es gefällt, sich als Löwen zu verkleiden und so zu tun, als seien sie wilde Tiere.«

»Wie haben Sie das herausgefunden?«

»Zufällig. Die Polizei hat einen Anruf bekommen, dass ein Rudel wilder Löwen ausgebrochen sei. Und als sie dort ankamen und nachfragten, waren es nur ein paar Leute aus dem Haus, die sich in Felle gewickelt hatten. Sie waren außerdem ziemlich betrunken.«

Das erklärte die merkwürdigen Erinnerungen in seinem Kopf, aber nicht Mellys Reaktion. Außer ... es war ihr peinlich, weil sie selbst ein Mitglied der Sekte war.

Nun, er wäre der Erste, der zugeben würde, dass er den Reiz daran, sich als Löwe zu verkleiden, nicht verstand, aber wenn es bedeutete, eine Chance bei Melly zu haben, einer Frau, die den Eismann zu einer Pfütze schmelzen ließ, dann ... »Hören Sie mal, Sir, es ist wahrscheinlich nicht möglich, dass ich mir ein paar Tage freinehme, oder?«

»Ein paar Tage? Verdammt, nehmen Sie sich ruhig die ganze Woche frei. Das haben Sie wirklich gut gemacht, Loomer. Und wir werden auch weitere Aufträge für Sie haben, jetzt, da Sie bewiesen haben, dass Sie auch mit den großen Fällen gut klarkommen.«

»Wirklich, Sir?« Er war überrascht und hocherfreut.

»Ich würde sagen, wir sollten in Zukunft nicht mehr so engstirnig mit unseren Einstellungskriterien sein.«

Was bedeutete, dass auch kurzsichtige Agenten durchaus ihre Rolle erfüllen konnten. Einst war das die Sache auf der Welt, nach der er sich am meisten gesehnt hatte, doch nun war es die Tatsache, eine Frau sagen zu hören, dass sie ihm eine zweite Chance geben würde. Die Frage war nur, wie würde er sie dazu bringen zuzuhören?

Da ihn niemand durchs Tor ließ und Melly nicht an ihr Handy ging – sofort ging der Anrufbeantworter dran, woraufhin man eine Minute lang ein Brüllen hörte und dann den Piepton –, schlich er sich auf das Gelände des Wohngebäudes.

Das war weder rational noch besonders schlau. Es war das Verrückteste, was er jemals getan hatte, doch das konnte ihn nicht davon abhalten. Er war ganz in Schwarz gekleidet und hatte sogar sein Gesicht bedeckt. Er sprang zwischen den Kameras über die Mauer, was nicht so einfach war. Die Sicherheitsabdeckung war fast komplett und ohne Lücken. Es gab nur einen Ort, an dem sie einen Baum über die Mauer wachsen ließen, an dem es eine kleine Stelle gab, die nicht überwacht werden konnte und an der man ungesehen hinübersteigen konnte.

Er ließ die Kiste fallen, die er mitgebracht hatte, und schaffte es, durch einen Sprung auf die Kiste den Rand der Mauer zu erwischen. Er grunzte nur ein Mal, als er sich bis nach oben zog. Die Äste raschelten kaum, als er sich in den Garten fallen ließ. Er überquerte das Gelände schnell und tat sein Bestes, um wie jeder andere Schatten zu erscheinen. Er war stolz darauf, sich so leise bewegen zu können. Alles blieb ruhig. Kein Alarm.

Er hatte es geschafft, sich unbemerkt hineinzuschleichen.

»Sieh dir nur diesen Idioten an. Ist er nicht unglaublich laut?«, erklärte Tante Marissa und schnalzte mit der Zunge.

»Am liebsten würde ich ›buh‹ rufen«, erklärte Joan.

Marissa, die das lustige Benehmen des Menschen beobachtete, konnte verstehen warum. »Das dürfen wir nicht. Arik hat uns ausdrücklich untersagt, etwas Merkwürdiges zu tun. Wir sollen normal wirken.«

Daraufhin lachte Joan schnaubend. »Normal? Das schaffen wir doch sowieso nicht. Mellys Streber hält uns ohnehin schon für Fellträger.« Menschen, die sich gern in Tierkostüme kleiden und vorgeben, diese Tiere zu sein, auch beim Sex.

»Besser Fellträger als die Alternative.« Sie durften nicht erwischt werden. Es stand viel zu viel auf dem Spiel.

»Aber es ist ausgesprochen peinlich«, murmelte Joan.

»Ich nehme an, deine Freundin hat den Bericht in den Nachrichten gesehen.«

»Das hat sie, und dann hat sie mich mit Fragen gelöchert«, seufzte Joan.

»Er wäre eben fast über Gunther gestolpert«, bemerkte Marissa, denn der schwarze Panther war für sie ziemlich offensichtlich, aber nicht für den nachtblinden Menschen.

»Wie wäre es, wenn wir uns verwandeln und ihn begrüßen.«

Marissa schüttelte den Kopf. »Wir dürfen keine Aufmerksamkeit auf uns lenken.«

»Aber sieh ihn dir doch nur an. Er fleht uns geradezu an, etwas Böses zu tun. Ich wette, dass er sich in die Hose macht, wenn ich wie ein Riesenkätzchen auf ihn zuspringe«, sagte Joan fast hoffnungsvoll.

»Melly würde uns umbringen.«

»Melly hat ihn sitzen lassen, als sie herausgefunden hat, dass er gelogen hatte. Es wäre ihr egal.«

»Da wäre ich mir nicht so sicher, ich glaube, dass zwischen den beiden irgendwas läuft.« Das war ihr an dem Tag klar geworden, an dem ihre Nichte hereingestürmt war, um ihn zu retten. Das begehrende Funkeln in ihren Augen, die tödliche Eifersucht in ihrem Knurren.

»Melly und ein Mensch?« Joan schien entsetzt zu sein. »Oh, das darfst du ihr nicht wünschen. Du weißt, was dann passiert.«

»Wahnsinnig lauter Spaß? Das hört sich doch toll an.«

»Du bist wirklich schlimm«, rief Joan. »Und dabei ist sie doch deine Nichte.«

»Das ist sie und deswegen würde ich darauf wetten, dass sie gewinnt.« Als der Mensch sich der Rückseite des Wohngebäudes näherte, wo sich die Tür hinter dem großen Busch verbarg, drückte Marissa ihre Uhr und schloss die Tür damit auf.

Er schlüpfte hinein.

»Was machst du da?«, fragte Joan.

»Dreimal darfst du raten.«

Sie sahen einander an. Und lächelten. Es war die Art von Grinsen, das jeder gernhatte.

»Ich hole schon mal das Panzerband«, erklärte Joan.

»Dazu haben wir keine Zeit. Wir müssen vor ihm bei ihrem Apartment sein.«

―――

Er betrat die unverschlossene Lieferantentür auf der Rückseite des Wohngebäudes und konnte so den Kameras und dem Nachtwächter ausweichen. Noch besser: Das Treppenhaus zu Mellys Wohnung war leer. Sein Glück war heute Abend wirklich außergewöhnlich. Nur ein Zeichen dafür, dass er das Richtige tat.

Der nächste Teil würde schwieriger werden. Als er ihre Wohnung erreichte, sah er sich einer geschlossenen Tür gegenüber. Anklopfen würde ihr nur die Chance geben, ihn wegzuschicken, falls sie in der Nähe war. Der Wachmann hatte heute Morgen gesagt, sie wäre nicht da.

Aber wohin war sie gegangen? Es gab nur einen Weg, das herauszufinden. Gut, dass er seine Dietriche dabeihatte.

Er legte das Set auf den Boden und wählte seine

Werkzeuge aus, wobei er die Stimme in seinem Kopf ignorierte, die ihn fragte, was er da machte. Hatte er wirklich vor einzubrechen? Wie ein gemeiner Stalker?

Seufzend legte er seine Ausrüstung weg, stand auf und hob die Faust, um zu klopfen. Bevor er landen konnte, schwang die Tür auf und er starrte nicht Melly an, sondern die beiden Frauen, die ihn anlächelten und von denen er nur eine erkannte.

»Was haben Sie denn vor?«, fragte die Blondine in Sportkleidung, die das Haar zu einem eleganten Bob geschnitten trug und eine ziemlich strenge Stimme hatte.

»Also, Joan, ist das nicht offensichtlich? Er ist hier, um seine süße Melly zu sehen«, krähte Mellys Tante Marissa.

»Äh, hallo, Mrs. Vandercoop.«

»Bitte, nennen Sie mich doch Marissa.« Mrs. Vandercoop betrachtete ihn auf eine Art und Weise, die ihn wünschen ließ, er hätte mehr Kleidung angezogen. Und es half auch nicht, dass sie ihm zuzwinkerte.

»Ist Melly zu Hause?«, fragte er und sprach trotz seines Unwohlseins weiter.

»Nein.«

»Oh.«

Es musste ihm wohl die Enttäuschung an der Stimme anzuhören gewesen sein, denn Marissa trällerte: »Ich glaube, da ist jemand geil. Ich kann Ihnen da helfen, wenn Sie möchten.«

»Äh, nein danke.« Er wich zurück.

Die athletische Blondine blickte auf seine Hand. »Was haben Sie denn da?«

»Nichts.«

Und noch während er sprach, nahm sie es ihm aus der Hand und pfiff, als sie den Inhalt des Ledertäschchens sah. »Das sind aber wirklich mal ein paar ausgezeichnete Dietriche.«

»Ich hatte nicht vor, sie zu benutzen.«

»Warum haben Sie sie dann mitgebracht?«

»Weil ich sie eigentlich erst überraschen wollte.«

»Das ist genau die gleiche Ausrede, die Vergewaltiger benutzen.« Sie kniff misstrauisch die Augen zusammen.

»So etwas würde ich nie tun«, entgegnete er aufgebracht.

»Das hoffe ich auch, sonst würden wir Ihnen den Bauch aufreißen und dann essen.« Merkwürdig, wie das breite Grinsen mit den vielen Zähnen den Anschein erweckte, dass sie die Wahrheit sagte.

»Ich möchte einfach nur mit ihr reden. Das Missverständnis aufklären.«

»Sie meinen das Missverständnis, dass Sie nicht nur ein Steuerprüfer sind, sondern auch noch ein supergeheimer Geheimspion?«, fragte Marissa.

»Ich bin kein Spion. Aber ich befinde mich in einer Position, in der ich bestimmte Einsatzkommandos darum bitten kann, zur Verstärkung zu kommen.«

»Und das, nachdem Sie die Leute ausspioniert und herausgefunden haben, dass sie nichts Gutes im

Schilde führen«, bemerkte Joan. »Das ist doch ein und dasselbe.«

»Ich hatte nie vor, sie zu belügen. Ich hatte den Auftrag schon, bevor ich sie kennengelernt hatte«, protestierte er.

»Unglaublich, dass sie auf Ihren Blödsinn hereingefallen ist. Ich wusste gar nicht, dass sie so leichtgläubig sein kann.« Joan schüttelte den Kopf.

»Also, Joan, bitte mokiere dich nicht über meine Nichte, nur weil sie sich von ihrer Muschi hat leiten lassen. Wir haben auch schon in genügend Schwierigkeiten gesteckt, wenn wir unsere Entscheidungen mit den Schamlippen getroffen haben. Du musst zugeben, er ist ziemlich hübsch.« Marissa tätschelte ihm die Wange.

»Wenn man diese Art von Partner mag. Ich bevorzuge meine Partner ohne hängende Fortsätze in der Mitte.«

»Wenn ich nur mit ihr reden könnte –«, begann er.

»Reden? Ha! Nennt man das jetzt so?«, kicherte Joan.

»Ich denke, wir sollten dem Mann geben, wonach er verlangt«, erklärte Marissa und machte einen Schritt auf ihn zu.

»Ich dachte, ich sollte das Panzerband nicht mitbringen.« Joan warf Marissa einen verärgerten Blick zu.

»Wir werden es nicht brauchen, weil er freiwillig

mit uns mitkommen wird, nicht wahr?« Marissa kniff die Augen zusammen und sah ihn an.

Er wich ein paar Schritte in den Flur zurück. »Vielleicht sollte ich besser ein anderes Mal wiederkommen.«

»Jetzt oder nie. Und ich würde Ihnen *jetzt* empfehlen, während sie noch voller Zuneigung an Sie denkt. Wenn Sie ihr Zeit lassen, sich alles noch mal durch den Kopf gehen zu lassen, wird sie Sie sicher hassen.«

»Ich hatte nie vor, ihr wehzutun.«

»Melly wehtun?« Erneutes Gelächter. »Junge, es ist ein Wunder, dass Sie noch am Leben sind. Melly kann normalerweise nicht so gut damit umgehen, wenn man sie hintergeht. Ich weiß noch, was sie mit Gary, dem Tiger, gemacht hat, als er ihr gesagt hat, es gäbe keinen Apfelkuchen von Tante Mary mehr. Als sie dann herausfand, dass er ein Stück im Kühlschrank versteckt hatte, tja ... Belassen wir es dabei zu sagen, dass er beim Anblick eines reifen Apfels noch immer in Ohnmacht fällt. Und Sie gehören nicht zur Familie. Zu Ihnen wäre sie nicht so nett.«

»Denn so ist das Rudel eben. Wir halten zusammen.« Joan bewegte sich von der Seite auf ihn zu.

»Melly ist keine Mörderin.« Aber was ihre Tante und deren Freundin betraf, war er sich dessen nicht so sicher.

»Und genau da liegen Sie falsch, Süßer.« Marissa sprach leise. »Melly ist durch und durch eine Jägerin.

Und wenn das Rudel ihr eine Beute vorgibt, jagt sie sie, bis sie sie erwischt hat.«

»Und sind Sie Beute?« Joan trat näher zu ihm.

Es lag etwas Bedrohliches in ihren Blicken und ihrer Körpersprache. Es kam ihm in den Sinn, dass er vielleicht gehen sollte. Nur, als er sich umdrehte, um entweder mit dem Aufzug zu fahren oder die Treppe hinunterzuspringen, fand er sich von noch mehr Frauen eingeengt. Sie hatten sich mit leisen Schritten genähert, die meisten von ihnen hatten gelbbraune Haare und unterschiedlich verzierte Hauttöne, die Augen glühten leicht golden mit einem Hauch von Grün und Braun. Ihr Gesichtsausdruck war nicht gerade feindselig, und doch prickelte seine Haut und die Haare auf seinem Nacken sträubten sich.

Er erstarrte.

Eine von ihnen mit einer gepiercten Nase und einem zotteligen Pferdeschwanz grinste. »Das ist also der Typ, wegen dem Melly so traurig ist.«

»Er sieht irgendwie langweilig aus«, sagte eine Frau, die offensichtlich schwanger war und einen großen Bauch vor sich herschob.

»Vielleicht gefällt es ihr, ihn aus seinem Anzug zu schälen. Ich weiß, dass es mir Spaß machen würde«, sagte eine dralle Rothaarige.

»Es heißt, Streber würden härter mit der Zunge arbeiten.«

Sie warfen einander Kommentare zu und einige davon waren so obszön, dass er errötete.

»Ich finde es süß, dass er sie hier aufsuchen wollte«, erklärte eine zierliche Frau.

»Es ist völlig egal, was du davon hältst. Ich finde, wir sollten diesem Jungen geben, was er will«, erklärte Mrs. Vandercoop. »Hat jemand Lust auf eine Entführung und einen kleinen Ausflug?« Das Mädchen mit dem Piercing hielt eine Rolle Klebeband hoch, während die schwangere Frau einen Kissenbezug schüttelte.

Das Problem mit dem Rittertum der alten Schule? Er konnte eine Frau nicht schlagen, nicht einmal eine Gruppe von ihnen, die ihn überwältigen und in den Kofferraum eines Lieferwagens stopfen wollte. Aber andererseits, warum sich wehren, wenn sie ihm gaben, was er wollte?

Sie wollten ihn zu Melly bringen.

Kapitel Dreizehn

Melly blies Trübsal. Nicht nur eine gewöhnliche, alltägliche Trübsal. Die Rede war von einer vollen Trübsal, bei der sie einen Schmollmund machte und sich mit Nahrungsmitteln vollstopfte.

Sie vermisste Theo. Dumm, wenn man bedenkt, dass sie ihn erst seit ein paar Tagen kannte, aber die Trennung von ihm war ihr tatsächlich körperlich unangenehm. Sie wollte nur im Bett liegen, unter der Bettdecke, Kartoffelchips essen und den Krümelhaufen ignorieren, der sich in ihrem Bett ansammelte.

Die Farm – Ranch, wie auch immer man das gewaltige Anwesen mit seinem riesigen Haus mit den vielen Anbauten nennen wollte, mit denen es mit dem Winchester Mystery House in Kalifornien hätte konkurrieren können –, die vielen Nebengebäude, der mit Wild bestückte Wald, der Teich mit seinen Kois und Fröschen und der Fluss mit den Forellen konnten sie ausnahmsweise einmal nicht ablenken. Sie wechselte von einer Innencouch auf eine Außencouch. Von einem Ast zu einer Baumschaukel. Selbst als sie Kerry vom Schaukelstuhl auf der Veranda warf, die sie plötzlich haben wollte, tat das nichts, um ihre Laune zu heben.

Melly vermisste ihren spießigen, muskelbepackten, buchzitierenden Schreibtischhengst. Es war zum Kotzen, dass sie ihn nie wiedersehen würde.

Miau.

Schlimmer noch, sie trauerte alleine um seinen Verlust. Unter dem Einfluss des Serums würde er sich überhaupt nicht mehr an sie erinnern. Er würde nie erfahren, dass seine kurze Atempause von der Allergie ihr zu verdanken war. Es war nicht leicht gewesen, ihm das Medikament unterzujubeln, aber sie hatte es hier und da geschafft, denn nichts ärgerte sie mehr als ein Mann, der nicht in ihre Nähe kommen konnte.

Selbst wenn er nicht zu Niesanfällen bei Raubkatzen neigte, hätte es nie funktioniert. Der Mann mochte keine Tiere. Er war bei einer Regierung angestellt, die sie unbedingt in die Finger bekommen wollte. Er hatte nicht einen einzigen beweglichen Knochen in seinem Körper – vor allem nicht den zwischen seinen Beinen. So lang und hart und …

Sie presste die Beine fest zusammen und ihre Stimmung wurde noch schlechter. Als irgendeine großmäulige Schlampe dachte, sie käme mit der Frage »Geht es dir gut?« davon, warf Melly sie in den Teich.

Und als Arias Mann es wagte zu protestieren? Da warf sie ihn auch hinein. Und selbst das hob ihre Stimmung nicht.

Und dann tauchte ihre Tante in all ihrer extravaganten Pracht auf und trug einen Hosenanzug, der ihre Kurven betonte. Ihr Haar war zu einer Art schickem Dutt hochgebunden, aus dem einige Strähnen heraushingen. Sie sah gut aus, besonders im Vergleich zu Melly in ihrer weiten und fleckigen Trainingshose und dem T-Shirt mit dem pummeligen Teigjungen und dem Zitat »Piks mich und stirb«.

Die Tante beachtete die Warnung jedoch nicht. »Da ist ja meine geliebte Nichte. Ich habe nach dir gesucht.«

»Warum gehst du nicht auf der Autobahn spielen?«, fauchte Melly.

»Oh, wie ich sehe, bekommt da jemand seine Periode.«

Das stimmte zwar, war aber nicht der Grund dafür, dass sie so schlecht gelaunt war. Sie machte ein böses Gesicht. »Lass mich in Ruhe.«

»Das macht keinen Spaß.«

»Wenn du Spaß haben möchtest, warum ziehst du dann nicht los und verführst den Ehemann einer jüngeren Frau?«

Mit ihrer Hand mit den knallrot lackierten Nägeln – ziemlich zwecklos, wenn man bedachte, dass sie die Maniküre zerstörte, jedes Mal, wenn sie sich verwandelte – fuhr sie sich über das hochgesteckte Haar. »Tatsächlich habe ich vor, mehr als nur einen zu verführen. Wie ich höre, ist der Clan der Bären angekommen und die Jungs können es kaum erwarten loszulegen.«

Ach ja, das bevorstehende Fußballspiel. Es musste bald stattfinden und würde die Wohnmobile und Zelte erklären, die überall aufgetaucht waren. In den nächsten Tagen würden überall Leute herumliegen. Einen Platz zum Schlafen zu finden wäre eine Herausforderung für diejenigen, die nicht früh genug eintrafen oder nicht vorbereitet waren.

Angesichts ihrer familiären Verbindungen zog Melly einen Platz auf dem beengten Dachboden mit den schrägen Decken in Betracht. Persönlich hielt sie es für den besten Platz. Zugang zum Dach, ein eigenes dreiteiliges Badezimmer und ein Doppelbett, das sie nicht teilen musste. Es gab auch keine lästige Tante.

»Lass dich von mir nicht von deinen ehebrecherischen Plänen abhalten«, sagte sie und winkte ab.

»Für dich habe ich doch immer Zeit, geliebte Nichte.« Und das hätte man auch als Drohung auslegen können. »Wenn du möchtest, finde ich einen netten Bären, mit dem du spielen kannst.«

»Ich brauche niemanden.«

»In diesem Fall habe ich Gerätschaften, die du dir ausleihen kannst, um eventuelle Bedürfnisse zu befriedigen.«

»Ekelhaft.« Und was meinte ihre Tante überhaupt mit Gerätschaften? Das hörte sich nach etwas anderem an als einem Vibrator.

»Du solltest wissen, dass ich meine Gerätschaften besser sterilisiere als jedes Krankenhaus.«

»Können wir bitte aufhören, über Sex zu reden? Ich möchte weder mit einem Bären noch mit einem Stück Plastik Sex haben.«

»Sag mir jetzt nicht, du heulst wegen dem Menschen, mit dem du rumgemacht hast.«

Sie verbiss sich die erste Bemerkung, die darin bestanden hätte, ihr zu sagen, dass es viel mehr gewesen war als nur *rummachen*. Aber das hätte bedeutet, dass er ihr etwas bedeutete. Sie winkte ab. »Also bitte. Als ob.«

Ihre Tante warf ihr einen verschlagenen Blick zu. »Gut zu wissen, dass du mit ihm fertig bist.«

»Warum?« Sie musste einfach fragen, obwohl sie wusste, dass ihr die Antwort nicht gefallen würde.

»Weil er einfach mein Typ ist.« Ihre Tante schenkte ihr ein langsames, teuflisches Lächeln. »Man kann ihn noch verderben.«

Knurr. Bevor sie überhaupt wusste, was sie tat, stürzte Melly sich auf ihre Tante. Doch ihre blinde Eifersucht war einer Löwin mit Erfahrung nicht gewachsen. Die Tante bewegte sich schnell zur Seite und versetzte ihr einen Schlag, der sie durch die Luft wirbelte, zu Boden stürzte und dann zu ihren Füßen zu liegen kommen ließ.

Tantchen war noch nicht fertig. Sie gab Melly ein paar liebevolle Hiebe, einen Kopfschlag und dann einen festen Klaps auf den Hintern mit einer Ermahnung: »Vorsicht, Mädchen. Du bist immer noch zu langsam. Und zu dumm. Was hast du dir dabei gedacht, mich anzugreifen?«

Das stimmte natürlich. Und weil Melly sie als Erste angegriffen hatte, konnte sie noch nicht einmal sauer sein. »Tut mir leid.«

»Diesmal vergebe ich dir noch.« Ihre Tante betrachtete ihre Nägel und überprüfte den Nagellack. »Nur gut, dass du nicht traurig bist.«

Melly klopfte sich den Staub ab. »Ich wollte nur deine Reflexe überprüfen.«

»Körperlich geht es mir wunderbar. Tatsächlich ist es so, dass der Typ, den ich gestern Abend in einer Bar abgeschleppt habe, gesagt hat –«

Anstatt ihrer Tante zuzuhören, wie sie mit ihren Eroberungen angab und sie wegen ihrer mangelnden Begabung in Bezug auf Männer verspottete, ging sie auf das Haus zu. Sie plante, sich wieder ins Bett zu legen und an die Decke zu starren, vielleicht mit dem Schläger auf die Mobiles zu schlagen, die sie an den Dachsparren aufgehängt hatte. Nur Tante Marissa hielt sie mit einer einfachen Aussage auf.

»Bevor du gehst, sollte ich dir vielleicht den wahren Grund nennen, warum ich hergekommen bin. Möchtest du uns zu einer Jagd begleiten?«

Für einen kurzen Moment reizte sie die Idee, durch den Wald zu laufen.

Ja. Laufen. Verfolgen. Jagen. Sie könnte ein bisschen Bewegung und die frische Luft des Waldes gebrauchen.

Aber dafür müsste sie aufhören, Trübsal zu blasen. Es schien zu früh zu sein. Sie wollte um das trauern, was sie nie hatte, aber mehr wollte, als ihr je bewusst gewesen war.

»Nein danke.«

»Wahrscheinlich ist es sowieso besser, jetzt, da du so weich geworden bist.«

»Was soll das denn heißen?« Melly wirbelte herum.

»Hättest du dich gleich um diesen Typ vom Finanzamt gekümmert, hätten wir jetzt diesen Schlamassel nicht. Also wirklich, Melly, sich mit Leuten außerhalb unserer eigenen Art einzulassen. Was würde deine Mutter sagen?«

Sie hätte wahrscheinlich ziemlich viel dazu zu sagen, aber das, was ihre Tante sonst noch gesagt hatte, interessierte sie mehr. »Was meinst du mit Schlamassel? Arik hat sich doch um Theo und den Fall gekümmert.«

Das Feuer für die physischen Beweise, ein Hacker-Team für das elektronische Zeug, ein Aufräumkommando für das Büro im Finanzamt und ein Medikament, das einen Mann vergessen ließ, dass er eine Löwin fast zum Schnurren gebracht hätte. Dann gab es die lächerliche Scharade, sie als Mitglieder einer Sekte darzustellen, die sich gern als Löwen verkleidete. Und jetzt waren sie frei und unbelastet.

»Wir alle dachten, es sei vorbei, aber siehe da, dein schlauer kleiner Mensch hat die Ranch irgendwie gefunden. Wenn ich es nicht besser wüsste, würde ich sagen, jemand hat ihn hierhergebracht und zum Sport in den Wald verschleppt.«

Sie machte große Augen. Es dauerte nur noch zwei Tage, bis es Vollmond war, und sogar noch weniger, bis die blutige Rivalität zwischen zwei Gruppen von Raubtieren ausbrechen würde. »Theo ist hier?«

»Wie schon gesagt, gut, dass du mit ihm fertig bist.« Ihre Tante ging davon.

Melly sprang ihr in den Weg. »Wo ist er?«

Ihre Tante sah sie abschätzig an. »Warum willst du das wissen?«

»Ich weiß es nicht genau«, rief sie. Und das entsprach der Wahrheit. Sie konnte nur mit Sicherheit sagen, dass sie ihn unbedingt finden wollte.

Ihn beschützen. Er gehört uns. Ihre innere Katze begann hin- und herzuschleichen und wollte herauskommen.

»Wenn du ihn unbedingt haben willst, solltest du dich besser auf den Weg machen. Dein Typ vom Finanzamt ist im Wald.«

»Wo im Wald?« Denn der Wald war ausgesprochen groß.

»Als würde ich es dir so einfach machen. Du bist eine Jägerin. Finde ihn selbst. Aber da du meine Lieblingsnichte bist, gebe ich dir einen Tipp.« Ihre Tante zog eine verschlossene Plastiktüte aus der Tasche.

Wenig später hielt sie ihr Theos Krawatte unter die Nase.

Wie hatte sie die in die Pfoten bekommen?

Melly hätte beinahe Zeit damit verschwendet, ihrer Tante an den Hals zu gehen, um Antworten zu bekommen, aber die Tante würde niemals seinen Aufenthaltsort preisgeben. Sie war, was das betraf, wirklich pervers. Melly kannte diese Wälder jedoch besser als jeder andere. Sie hatte hier ihre Kindheit verbracht, im Wald gejagt und die Gerüche und Spuren jedes Lebewesens kennengelernt.

Als Löwin.

Sie brauchte ihre andere Hälfte, die Geschwindigkeit, die unheimliche Wahrnehmungsfähigkeit. Sie zog sich aus und hinterließ eine Spur aus Kleidung auf dem Rasen, während sie sich auf die Baumgrenze zubewegte. Ihre Löwin befreite sich in einem Schauer aus Fell, Reißzähnen und Krallen. Das Hochgefühl, in ihrer anderen Gestalt zu sein, ließ sie vor Freude brüllen.

Sollte es ruhig als Warnung gelten. Die Löwin schlief heute Nacht nicht.

Als sie den Wald betrat, fiel sie in den Aufspürmodus, filterte Gerüche und Geräusche und notierte jede Brise und die darin enthaltenen Fährten. Sie raste, schneller als je zuvor, ihr Herz klopfte, getrieben von Adrenalin und Angst. Was, wenn sie zu spät kam? Während die Jagd auf Menschen gegen ihre Gesetze verstieß, passierten manchmal Unfälle – und manchmal war es kein Unfall, besonders wenn es sich um neugierige Menschen handelte, die zu viel wussten.

Warum hatte ihre Tante ihn hergebracht? Hatte Arik gelogen? War Theo auf jeden Fall dem Untergang geweiht?

Sie wollte nicht, dass er getötet wurde. Sie konnte es nicht zulassen.

Weil er uns gehört.

Ihre Löwin sagte es, als wäre es eine Tatsache. Sicherlich nicht. Melly verstand die Probleme, die das verursachen würde. Der Streit mit ihrer Familie. Die Schwierigkeit, Junge zu zeugen. Die Möglichkeit, dass er nicht in der Lage sein würde, mit ihrem Geheimnis umzugehen.

In dem Moment, als sie ihn fand, verschwanden all diese Zweifel. Nur ein Instinkt blieb übrig. Sie musste ihn retten, was vielleicht nicht die einfachste Aufgabe war, da er von Bären umgeben war. Zumindest hatte der Mann genügend Verstand, um auf einen Baum zu klettern. Er wirkte ein wenig zerfetzt, seine Brille war schief, aber andererseits gab es dafür auch einen Grund. Er hielt sich fest, als der größte Grizzly der Gruppe den Stamm schüttelte.

Begriffen sie nicht die Tatsache, dass Theo bei einem Sturz zerbrechen würde?

Sie versuchen, ihn zu verletzen.

Brüll.

Mit lautem Gebrüll lief sie direkt in ihre Mitte,

was dazu führte, dass die fünf anwesenden Bären sich auf die Hinterbeine stellten und schnaubten.

Wurden sie etwa frech? Auf dem Land des Rudels? Oh, zum Teufel, nein.

Sie näherte sich dem größten Bären und knurrte. Percy, erkennbar an seiner Fährte, wich zurück. Als er sich zurückzog, beschlossen die anderen ebenfalls, ihr mehr Raum zu lassen. Sie warf einen Blick auf den Baum. Theo sah sie mit offenem Erstaunen an. Er würde gleich noch erstaunter sein, weil es kein Entrinnen gab vor dem, was als Nächstes kommen musste.

Melly verwandelte sich in ihre weibliche Gestalt, nackt, aber ohne Angst, als sie sich den Bären entgegenstellte.

»Melly?« Theo klang verwirrt.

Er kannte ihren Namen? Sie sah zu ihm hoch. »Du erinnerst dich an mich?«

»Natürlich tue ich das.«

»An wie viel erinnerst du dich? Hast du meinen Namen in einer Akte gelesen? Oder erinnerst du dich an dein Gesicht zwischen meinen Beinen?«

»Worüber zum Teufel sprichst du da? Ich kenne dich. Wie sollte ich auch die Frau vergessen, die mich k. o. geschlagen hat?«, knurrte er.

Er erinnerte sich tatsächlich. »Dafür hatte ich auch einen guten Grund.«

»Und würdest du mir den vielleicht mitteilen?«

»Gleich. Erst muss ich mich um diese Idioten

kümmern.« Und damit wandte sie sich wieder zu den Bären um, verschränkte die Arme vor der Brust und wippte mit dem Fuß.

Percy verwandelte sich zurück. »Ich bin kein Idiot.«

»Aber ihr jagt einen Menschen auf dem Land des Rudels.«

»Wir hatten die Erlaubnis.«

Oh, natürlich hatten sie die. Von ihrer verdammten Tante.

»Wir wollten ihn ja nicht fressen«, erklärte ein kleinerer Typ und hielt sich die Leistengegend. »Die Dame hat gesagt, wir dürfen ihm ein bisschen Angst einjagen und ihn dann vom Anwesen scheuchen.«

»Und ich bin hier, um euch zu sagen, dass das nicht in Ordnung ist. Lasst ihn in Ruhe.«

»Also, wenn du dich nicht eingemischt hättest, hätten wir das vielleicht machen können. Aber jetzt ist es nicht mehr möglich«, erwiderte Percy. »Er hat uns gesehen. Er weiß Bescheid.« Und das war der einzige Grund, den ein Gestaltwandler anzuführen brauchte, wenn er einem Menschen einen tödlichen Schlag verpasst hatte.

Also gab sie ihnen die einzige Antwort, mit der sie dafür sorgen konnte, dass sie Theo in Ruhe ließen. »Er ist mein Lebensgefährte.«

Kapitel Vierzehn

Wenn Theodore geglaubt hatte, dass der merkwürdigste Teil seines Tages der wäre, an dem er von Mellys Tante entführt und im Wald abgesetzt worden war, hatte er falschgelegen. So unglaublich falsch.

Er war etwa eine Stunde lang verloren umhergeirrt, bevor er auf die Bären stieß, die in einem Himbeerstrauch lagen, betrunken aussahen und deren Schnauzen mit zerdrückten Früchten beschmiert waren. Sie waren schnell aus ihrer Benommenheit erwacht, als er versuchte, sich zurückzuziehen und dabei auf einen winzigen Ast trat. Wer hatte Ohren, die gut genug waren, um das leise Knacken zu hören?

Bären anscheinend!

Theodore lief los und verschwand von dort. Er dachte, er hätte sie abgehängt, doch da sah er sie aus dem Wald stürmen. Er war schnell auf etwas geklettert, um außerhalb ihrer Reichweite zu sein. Erst im Nachhinein erinnerte er sich daran, dass Bären Bäume mochten.

Seine Zukunft als mit Himbeeren verschmierte Bärenscheiße schien sicher, als der Löwe auftauchte. Keine Mähne, also handelte es sich um ein Weibchen. Und nicht irgendein Weibchen, sondern Melly.

Die Löwin verwandelte sich in die Frau, mit der er Sex gehabt hatte, und da wusste er, dass dies offensichtlich ein Traum war. Und zwar ein ganz besonders lebhafter.

Das Merkwürdige daran war das seltsame Fantasieelement. Melly als Gestaltwandler und auch die Bären. Völlig verrückt, da jeder wusste, dass nur Werwölfe die Fähigkeit hatten, sich zu verwandeln, wenn man überhaupt an so etwas glaubte.

Die Erkenntnis, dass es sich um einen Traum handelte, machte es ihm leicht, sich vom Baum hinunterzuhangeln. Er hatte nichts zu befürchten. Was würde schlimmstenfalls schon passieren? Er würde aufwachen.

Melly sah ihn vorsichtig an. »Geht es dir gut?«

Er wollte alles Mögliche zu ihr sagen, aber sie hatten ein Publikum. Ganz zu schweigen davon, dass sie nackt war und er am liebsten ...

Scheiß drauf. Es war ein Traum. Niemand schaute wirklich zu und sie hatte ihn ihren Lebensgefährten genannt. Er zog sie in die Arme, erstaunt darüber, wie er ihr warmes Fleisch in seinem Traum fühlte, die weiche Geschmeidigkeit ihres Mundes. Der scharfe Biss ihrer Zähne auf seiner Lippe, der dafür sorgte, dass er den Atem einsog, der Schmerz flüchtig, der kupferne Geschmack seines eigenen Blutes. Die Tatsache, dass es so gewaltsam war, schürte nur sein Verlangen. Er verlangte nach mehr und er erwiderte den Biss, sodass sich ihr Blut, ihre Atmung und ihre Leidenschaft vermischten.

Deshalb war er in die Wohnung gegangen. Die Art, wie er sich fühlte, wenn er bei ihr war. Er mochte den Mann, zu dem er in ihrer Gegenwart wurde.

Das Pfeifen und Rufen hinter sich gefiel ihm allerdings viel weniger.

»Verdammt, wir bekommen eine Livevorstellung«, verkündete jemand.

»Glaubst du, wir können mitmachen?«, fragte ein anderer.

Daraufhin fauchte Theodore: »Verschwindet. Das hier ist *mein* Traum.«

»Oh, Theo«, seufzte Melly leise, »das hier ist kein Traum.«

»Natürlich ist es ein Traum. Es gibt Löwen und Bären, du und deinen Ex-Freund. Das ist mein Unterbewusstsein, das sich über mich lustig macht.«

»Du bist wach, mein kleiner Bücherwurm. Alles, was du gesehen hast, ist real.«

»Das ist unmöglich.« Er wich einen Schritt von ihr zurück.

»Ich versichere dir, dass es möglich ist. Ich bin eine Gestaltwandlerin. Eine Löwin, um genau zu sein.«

Er schüttelte den Kopf, noch immer unwillig, daran zu glauben. »Gestaltwandler gibt es nicht –«

Er konnte den Satz nicht ganz zu Ende sprechen, da ihm jemand auf den Rücken klopfte. Es war der große, haarige Mann, den er aus dem Restaurant kannte, und er war splitternackt.

»Herzlichen Glückwunsch, mein Freund. Ich hätte nie gedacht, dass ich den Tag einmal erlebe, an dem Melly eine feste Beziehung eingeht. Und dann noch dazu mit einem Menschen.«

Er fand es irgendwie herablassend, dass er sich so über ihn äußerte, andererseits war Percy gerade noch ein verdammter, riesiger Bär gewesen, also sah er davon ab, sich darüber zu beschweren.

»Gestaltwandler gibt es wirklich«, gab Melly zu, der ihre Nacktheit überhaupt nichts auszumachen schien.

Immerhin war er der Einzige, der nicht nackt war. War es merkwürdig, dass er das Gefühl hatte, zu viel anzuhaben? Andererseits in Anbetracht der Größe der Männer, die sich gerade von Bären zu Riesen verwandelt hatten, wäre es vielleicht angebracht, noch mehr Kleidung anzuziehen. Denn sie waren, um ehrlich zu sein, ausgesprochen Furcht einflößend.

»Du bist eine Löwenwandlerin«, wiederholte er. So langsam wurde ihm die Wahrheit klar, große Teile fügten sich zusammen. »Und du bist nicht die einzige, was bedeutet, dass die Pride Group nie mit exotischen Tieren gehandelt hat. Und sie gehören auch keiner merkwürdigen Sexsekte an.« Oder zumindest brauchten sie kein Kostüm dafür.

»Die meisten Leute, die dort wohnen, sind wie ich.«

»Löwen?« Er sah zu Percy. »Aber ihr seid Bären.«

»Und verdammt stolz darauf.« Der große Mann straffte die Schultern und grinste.

Melly griff nach Theodores Wangen und zwang ihn, sie anzusehen. »Sie sind der Bärenclan, der im nächsten Staat wohnt.«

»Wie viele von euch gibt es?«, wollte er wissen. Wenn nämlich das gesamte Wohnhaus von Löwen bewohnt wurde ... waren das eine Menge Krallen und Zähne, die in Freiheit lebten und nicht in einem Käfig im Zoo. Der Gedanke war ihm peinlich, kaum dass er ihn gedacht hatte.

»Genug, dass du es niemandem erzählen möchtest.«

»Und da wir gerade von *niemandem erzählen* reden, wie kann er dein Lebensgefährte sein, wenn er das gerade erst herausgefunden hat?« Der kleinere Typ sah zwischen ihnen hin und her.

Melly biss sich auf die Unterlippe. »Ich bin noch nicht dazu gekommen, es ihm zu sagen.«

»Du bist wohl zu vielen Dingen noch nicht gekommen«, fuhr Theodore sie an. »Wolltest du es mir überhaupt sagen?«

»Wie hätte ich es dir denn sagen sollen? *Hey, Bücherwurm, ich bin übrigens eine Löwin.* Was glaubst du, wie das gelaufen wäre?« Sie schüttelte den Kopf. »Eigentlich hättest du es niemals erfahren sollen. Das Serum, das wir dir gespritzt haben, hätte eigentlich jegliche Erinnerungen auslöschen müssen. Dafür sorgen, dass du mich vergisst, und nicht nur mich, sondern auch den Fall und alles andere. Anscheinend hat die Tatsache, dass meine Tante dich entführt hat, die Effektivität des Serums beeinträchtigt.«

»Was denn für ein Serum?« Er rieb sich den Kopf. »Weißt du was, ich möchte es gar nicht wissen. Ich bin zu deiner Wohnung gefahren, um mit dir zu reden und mich dafür zu entschuldigen, dich angelogen zu haben, und dich darum zu bitten, mir die Möglichkeit zu geben, alles wieder in Ordnung zu bringen. Und dabei ist dein Geheimnis viel schlimmer als meines.«

»Ich würde es nicht direkt schlimmer nennen.«

»Du bist eine riesige Katze.«

»Die bin ich.«

»Aber ich bin allergisch gegen Katzen.«

»Bist du dir da sicher? Denn du niest gar nicht«, stellte sie fest.

»Jetzt gerade nicht, aber das kommt noch. Es kommt immer«, wiederholte er düster.

»Da wäre ich mir nicht so sicher«, murmelte sie.

»Sie will damit sagen, dass Menschen, die mit Wandlern zusammen sind, häufig resistenter gegen Infektionskrankheiten sind. Und darunter fallen auch

Allergien.« Diese interessante Information kam von einem Typen, der schließlich doch einen Ast mit ein paar Blättern gefunden hatte, den er sich vor seine Kronjuwelen hielt.

»Wir können keine Lebensgefährten sein, da wir noch nicht mal Freund und Freundin sind«, sagte er bestimmt und im krassen Gegensatz zu dem, was er wollte, bevor er entführt worden war.

»Freund und Freundin.« Percy schnaubte. »Du hast wirklich noch eine ganze Menge zu lernen, mein Freund.«

»Und ich werde diejenige sein, die ihm alles beibringt«, erklärte Melly, hakte sich bei ihm unter und versuchte, ihn wegzuziehen.

Aber dazu war er noch nicht bereit. Noch nicht bereit für sie.

Er riss sich los. »Nein, diejenige wirst du nicht sein. Und wenn du es mir hättest sagen wollen, hättest du es getan, statt so zu tun, als würde es mich nicht geben.«

»Das war zu deinem eigenen Besten gedacht. Ich habe dir das Leben gerettet«, zischte sie.

»Ich brauche deine Hilfe nicht.«

»Eigentlich schon. Denn nun, da du unser Geheimnis kennst, wirst du uns nicht mehr los.«

»Willst du mich etwa umbringen, wenn ich nicht zustimme, dein gehorsamer Diener zu werden?«, lautete seine sarkastische Antwort.

»Ich werde dich nicht umbringen«, erklärte sie.

»Das übernehmen wir.« Percy spannte die Muskeln an und schlug sich mit der Faust in die Handfläche.

»Versuch es nur, Großer«, drohte Theodore ihm, der die Schnauze von diesem Blödsinn voll hatte.

»Er gibt nicht klein bei«, stellte ein weiterer der Nackten fest. »Schade, dass er in der anderen Mannschaft spielt.«

»Wenn du meinen Mann anfasst, mache ich dich zum Sopran, Derek«, fauchte sie.

»Ist es nicht süß, wenn die Kleinen erwachsen werden«, meldete Mrs. Vandercoop sich zu Wort, die plötzlich aufgetaucht war und Percy mit gierigem Blick ansah, was ihn dazu brachte, zu erröten und sich zu bedecken. »Müssen wir uns denn streiten?«

»Du bist schuld daran«, fuhr Melly sie an und zeigte mit dem Finger auf ihre Tante.

»Weil du zu stur warst, um selbst etwas zu unternehmen. Sag mir jetzt nicht, dass du wirklich wütend bist«, erklärte Mrs. Vandercoop wissend.

Melly presste die Lippen zusammen. Sie sah wütend aus, presste jedoch zwischen den Zähnen hervor: »Ich würde dich am liebsten umbringen.«

»Gern geschehen. Ich bin froh, dass das jetzt geklärt ist. Und genau rechtzeitig, um dabei zuzusehen, wie die Münze geworfen wird, um festzustellen, wer beim morgigen Spiel als Erstes im Ballbesitz ist.« Ihre Tante klatschte in die Hände.

»Der Letzte muss das Toilettenpapier ohne

Markennamen benutzen«, rief Derek und verwandelte sich in einem unglaublichen Schauspiel, bei dem seine Haut sich verformte und zu Fell wurde.

In weniger als einer Minute waren alle Bären verschwunden, sodass er nur mit Melly und einer Silberlöwin in menschlicher Kleidung zurückblieb.

»Nun, da sie alle weg sind, kannst du dich ruhig bei mir bedanken«, sagte Mrs. Vandercoop grinsend.

»Du hättest dich um deine eigenen Angelegenheiten kümmern sollen«, grummelte Melly.

»Dann würde ich ja den ganzen Spaß verpassen, der uns noch bevorsteht.« Die ältere Frau grinste. »Deine Mutter wird durchdrehen, wenn sie es erfährt.«

»Und ich nehme an, dass du gleich zu ihr läufst, um es ihr zu sagen, nicht wahr?« Melly zog die Augenbrauen hoch.

»Vielleicht möchtest du das lieber selbst machen.«

Theodore blickte wie bei einem Tennismatch zwischen den beiden hin und her und versuchte, der Unterhaltung einen Sinn abzugewinnen, was ihm jedoch nicht gelang. Denn die Gedankengänge schlugen keine gerade Richtung ein und hielten sich auch nicht an die Wahrheit, die er kannte. Er setzte sich hin, weil ihm plötzlich alles zu viel wurde.

Melly hockte sich vor ihn. »Ich werde nicht zulassen, dass meine Mutter dir etwas tut.«

»Wie wäre es, wenn du sie mir einfach nicht vorstellst?«

»Als wäre das möglich. Schließlich bist du der Lebensgefährte ihrer Tochter, und das ist ein Bund fürs Leben.«

»Dem habe ich nie zugestimmt.« Schon allein der Gedanke daran ließ seinen Puls rasen. Nun, da er den ersten Schock überwunden hatte, wuchs an dessen Stelle die Neugier. Melly war keine Kriminelle. Der Fall diente nicht länger als Grund dafür, dass sie nichts miteinander anfangen durften. Sie wussten jetzt die Wahrheit übereinander und es gab nach wie vor jede Menge Leidenschaft.

»Gehen wir zum Haus und ich werde dir alles erklären.«

Er rieb sich den Kopf. »Ich würde lieber woanders reden.« Der Gedanke, von Raubtieren umgeben zu sein ...

»Ich kann das Gelände nicht verlassen. Auf jeden Fall nicht vor dem Fußballspiel morgen. Es ist eine Art Tradition.«

»Sie brauchen dich doch sicher nicht als Cheerleader am Spielfeldrand?«

Sie sah ihn blinzelnd an. »Cheerleader? Oh, süßer Theo. Ich bin die beste Stürmerin des ganzen Rudels.«

Kapitel Fünfzehn

Die Dinge waren nicht ganz so gelaufen, wie Melly es sich vorgestellt hatte. Theo war nicht überglücklich gewesen, sie wiederzusehen. Allerdings hatte er die Nachricht, dass sie ein Gestaltwandler ist, besser verkraftet, als sie erwartet hätte. Bis sie sich auf dem Weg nach Hause tatsächlich verwandelte.

Er kreischte: »Verdammt noch mal.«

Sie hätte gelacht, wenn es möglich gewesen wäre. Stattdessen hatte sie sich hingesetzt und ihn angestarrt. Sie konnte genauso gut diese Sache hinter sich bringen. Es dauerte ziemlich lange und er stand einfach nur wie erstarrt da und beobachtete sie, und dann streckte er zögernd die Hand aus. Er nahm seinen Mut zusammen und streichelte ihren Kopf und das Fell hinter ihren Ohren, als hätte er einen natürlichen Instinkt dafür, was ihr gefiel. Und schon bald lehnte sie sich mit dem ganzen Körper in seine Berührung und hätte fast mit der Pfote auf den Boden geschlagen, so gut gefiel es ihr.

»Du bist so weich«, sagte er.

Sie war überall weich.

»Und du stinkst ja gar nicht.«

Auf diese Bemerkung hin strich sie mit den Zähnen über seinen Arm.

Er erstarrte. »Du bist hübsch?«

Sie nahm das Kompliment an, auch wenn es ausgesprochen zögerlich kam. Schließlich hatte er ziemlich viel zu verarbeiten.

Als sie aufstand, um weiterzugehen, behielt er eine Hand in ihrem Fell und sagte laut: »Ich hatte nie die Möglichkeit, es dir zu sagen, aber du hast mir gefehlt. Was total bescheuert ist. Ich weiß. Ich meine, wir kennen uns erst seit was, achtundvierzig Stunden? Und trotzdem kommt es mir schon ... viel länger vor.«

Wie eine Ewigkeit.

»Ich habe dich in deiner Wohnung gesucht. Ich wollte dir versprechen, dass ich keine Geheimnisse mehr vor dir haben würde, und dich fragen, ob du vielleicht meine Freundin sein willst.«

Ihr Herz schlug schneller und sie hätte ihn fast umgeworfen, als sie ihn ansprang und von Kopf bis Fuß abschleckte, aber jetzt war das Haus nicht mehr so weit. Sie konnte noch ein bisschen länger warten.

»Ich glaube, dass ich verstehen kann, warum du mir aus dem Weg gegangen bist.«

Sie hatte keine andere Wahl gehabt, doch das sagte sie ihm noch nicht.

»Und was passiert jetzt? Ich habe nämlich das Gefühl, dass Percy und die anderen nicht gescherzt haben, als sie sagten, sie würden mich töten und meine Leiche irgendwo vergraben, wo niemand sie jemals finden würde.«

»Knurr.«

Ihr Knurren erschreckte ihn, doch er verstand, dass es nicht ihm galt. »Nur gut, dass ich nicht vorhabe, irgendjemandem davon zu erzählen. Und nicht nur, weil mir sowieso niemand glauben würde. Ich würde nie etwas tun, das dir wehtut, Melly. Darauf hast du mein Wort.«

Und sie würde wetten, dass sein Wort sein Gewicht in Gold aufwiegen würde.

Er blickte hinab. »Ist es merkwürdig, dass es sich so anfühlt, als wären wir füreinander bestimmt?«

Wer hätte das gedacht? Selbst Menschen konnten die Hand des Schicksals spüren.

Als sie beim Haus ankamen, fand niemand es auch nur im Geringsten merkwürdig, dass ein Mensch ihrem pelzigen Hintern folgte. Hätte es jemand gewagt, ein Wort zu sagen, wäre es vielleicht zum Einsatz ihrer Krallen gekommen, aber die Lippen aller waren versiegelt und Theo hielt ausnahmsweise einmal auch den Mund.

Bis sie ihr Zimmer erreichten und sie sich verwandelte. Zweimal an einem Tag. Sie war müde und ließ sich nackt auf das Bett fallen. »Ich brauche dringend ein Nickerchen.«

»Ich dachte, du würdest mir ein paar Antworten geben.«

Sie sah ihn mit einem Auge an. »Ich wurde so geboren. Mein Volk existiert schon seit Anbeginn der Zeit. Du wirst nicht zum Tier, außer beim Sex mit mir.« Sie zwinkerte ihm zu.

»Nur mit dir, stimmt's?«

»Warum, hast du ein Auge auf jemand anderen geworfen?«, fauchte sie, plötzlich hellwach.

Er lächelte. »Nein. Ich wollte nur sichergehen, dass wir uns nicht mit anderen treffen.«

Sondern dass sie ein Paar waren.

Ein Paar fürs Leben.

Und schon war ihre Müdigkeit verflogen und sie lockte ihn mit dem Finger zu sich. »Komm mal her.«

»Sind wir mit dem Reden fertig?«

»Vorläufig schon. Du hast mir gefehlt.«

Er warf sich auf sie, sein Mund heiß und gierig, sein Schwanz steif und bereit.

Er ritt sie, dann ritt sie ihn. Sie nutzten die Nacht, um die zwei verlorenen Tage wieder aufzuholen, und schliefen schließlich völlig erschöpft aufeinander in dem kleinen Bett ein.

Die Tür zum Dachboden knallte auf und beide schreckten hoch. Theo, der unten lag, brauchte keine Angst zu haben, aus dem Bett zu fallen. Da sie oben lag, hatte sie keine Chance zu reagieren, bevor jemand sie am Knöchel packte und in der Luft baumeln ließ.

Wie toll war es doch, die Kleinste in einer Familie von großen, blonden Riesen zu sein.

Ihre Mutter schaute sie finster an.

»Es stimmt also. Du bist tatsächlich mit einem Menschen zusammen.«

»Er ist mein Lebensgefährte. Mutter, darf ich dir Theo vorstellen?«

Das militärische Oberhaupt der Armee des Rudels, auch bekannt als Goldie die Mörderin, lachte verächtlich. »Warum sollte ich mir die Mühe machen, mir einen Namen zu merken, wenn er das Frühstück sowieso nicht überlebt?«

Kapitel Sechzehn

»Du wirst ihn nicht töten, Mommy!«, rief Melly, die noch immer im Griff ihrer Mutter hing.

Theodore hatte schnell verstanden, worum es in dieser Situation ging, wusste aber nicht, was er tun sollte. Es lag etwas Furchteinflößendes in einer Frau, die größer war als ein Mann und keinen Hehl daraus machte, dass sie ihn nicht mochte.

»Ich bin das Oberhaupt dieser Familie und du wirst tun, was ich dir sage.«

»Er ist mein Lebensgefährte!« Melly wandte sich hin und her und es gelang ihr, auf die Füße zu kommen, das beendete jedoch nicht den wahnsinnigen Streit mit ihrer Mutter.

Bei dem es um ihn ging.

»Entweder du wirst ihn los oder ich werde es tun«, verkündete Mrs. Goldeneyes.

»Theo geht nirgendwohin. Ich habe ihn zu dem

Meinen gemacht. Verstanden? Zu dem Meinen. Er gehört mir.«

Unter anderen Umständen hätte er vielleicht das Argument geltend gemacht, dass er eigentlich niemandem gehörte, aber es schien ein guter Moment zu sein, den Mund zu halten.

»Er ist ein *Mensch*.« Sie sagte es erneut mit diesem verächtlichen Ton in der Stimme.

»Das ist mir egal.« Ihre vehemente Antwort wärmte ihm das Herz und er wurde nicht nur rot, weil er unter der Bettdecke nackt war.

Er rollte sich aus dem Bett und wickelte sich das Laken um die Hüfte. Der Streit ging weiter.

»Und woher kann ich mir sicher sein, dass du ihn nicht einfach nur für dich beanspruchst, um mich zu blamieren?«

»Wenn ich vorhabe, dich zu blamieren, werde ich es tun.«

»Wenn er dir gehört, beweise es.«

»Ich weiß, dass du meine Markierung an ihm riechen kannst.«

»Jeder kann einen Menschen beißen. Ich will einen Beweis dafür, dass es sich um Schicksal handelt.«

»Im Ernst? Von mir aus. Machen wir es auf deine Art. Und was würde dich zufriedenstellen?«

Mrs. Goldeneyes tippte sich wie in Gedanken verloren auf die Lippe, doch ihr Blick wurde kalt und berechnend. »Sorge dafür, dass das Rudel heute das Fußballspiel gewinnt.«

Aus irgendeinem Grund brachte das Melly zum Lachen. »Ist das alles? Das ist einfach. Wir gewinnen sowieso jedes Jahr.«

»Also bist du einverstanden?« Mrs. Goldeneyes schien sich über die Antwort zu freuen.

»Ich bin einverstanden. Ich gewinne und du lässt Theo und mich in Ruhe.«

»Abgemacht. Aber wenn du verlierst ...« Sie ließ den Satz ominös in der Luft hängen, denn es bestand kein Grund, ihn ganz auszusprechen.

»Das Rudel wird nicht nur einfach gewinnen. Wir werden es mit einem Vorsprung von mindestens zwei Toren tun«, erklärte Melly forsch, bevor Theodore sich zu Wort melden konnte.

Er hatte das Gefühl, sie wäre in eine Falle getappt, und das Lächeln auf Mrs. Goldeneyes Gesicht bestätigte seine Vermutung einen Moment später.

»Fantastisch. Ich schaue von der Tribüne aus zu. Oh, und vielleicht ist jetzt ein guter Moment, um zu erwähnen, dass euer Hauptstürmer im Badezimmer kotzt. Er hat wohl gepanschten Schnaps getrunken.«

Melly lächelte ein wenig weniger. »Patricia kann nicht mitmachen? Das ist schon in Ordnung. Wir haben immer noch Lily.«

»Ach ja, die kann heute nicht kommen. Die muss heute zum Vorsprechen für ihren Werbefilm. Aber mach dir keine Sorgen, ihr habt ja noch Robin.«

Da Melly stöhnte, wusste er, dass das etwas Schlechtes war.

»Ist Robin etwa keine gute Stürmerin?«, hakte er nach.

»Oh, sie ist nicht schlecht. Das Problem ist nur, dass wir in jedem Spiel mindestens einen Stürmer verlieren. Wir spielen mit ziemlich harten Bandagen«, erklärte sie ihm.

Er bekam innerhalb von zwei Stunden nach dem riesigen Frühstück zu sehen, wie rau es zuging. Er hatte noch nie einen solchen Haufen Pfannkuchen pro Teller gesehen. Als er nur zwei der acht Pfannkuchen aß und sich für satt erklärte, kamen von allen Seiten Gabeln und holten sich den Rest von seinem Teller. Was das letzte Stück Speck anbelangte, das er nicht verdrücken konnte, so war in mehr als einem Blick Eifersucht zu spüren, als er Melly damit fütterte.

Es gab viele gutmütige Sticheleien und mehr als einen spitzen Blick in seine Richtung, aber abgesehen von einer anfänglichen Bemerkung – »seht mal, das Rudel hat sich einen Spießer als Maskottchen geholt« – ließen ihn alle in Ruhe.

Er fing erst an, sich Sorgen zu machen, als Melly ging, um sich für das Spiel vorzubereiten. Und das lag hauptsächlich daran, dass ihre Mutter ihm auflauerte und sich buchstäblich vom Dach der Veranda auf ihn warf, ihn beim Arm griff und erklärte: »Du sitzt neben mir. Wenn das Rudel verliert, muss ich dich nicht erst jagen.«

Es gab keine Möglichkeit, um Hilfe zu rufen, und selbst wenn, was hätte er denn sagen sollen? *Hi, könnt ihr kommen, um mich vor den Gestaltwandlern zu retten, die vorhaben, mich zu töten, wenn die Löwen gegen die Bären verlieren?* Niemand würde ihm glauben. Nicht mal die NFL-Versionen dieser beiden Teams spielten an diesem Wochenende!

Das Spielfeld war von einer bunt zusammengewürfelten Ansammlung von merkwürdigen Personen und Sitzgelegenheiten umgeben. Gartenstühle, Kissen, Decken und sogar ein paar Picknicktische, die von goldhaarigen Menschen über das Spielfeld getragen wurden. So viel goldenes Haar rundherum. Mellys dunkles Haar stach in vielerlei Hinsicht hervor. Seltsam, wie ihre Löwin nicht zum Farbton passte.

Und noch seltsamer war die Tatsache, dass er diese Facette ihrer Persönlichkeit anscheinend bereits akzeptierte. Irgendwie freute er sich darauf, mehr zu erfahren, denn offensichtlich gab es schon seit einiger Zeit Gestaltwandler und es war ihnen gelungen, mit der Menschheit zu koexistieren.

»Du siehst ziemlich ernst aus, Mensch. Reflektierst du dein bevorstehendes Schicksal?«

»Eigentlich habe ich darüber nachgedacht, wie es sein kann, dass jeder über Werwölfe Bescheid weiß, aber nicht über den Rest von euch.«

Mrs. Goldeneyes verzog die Lippen zu einem Lächeln. »Weil sie hitzköpfige Idioten sind. Die Wölfe, die zu Rudeln gehören, tendieren dazu, zu tun, was ihre Leitwölfe ihnen befehlen und sich zu benehmen, aber sie hatten mehr als genügend Einzelgänger, die einfach nicht anders können, als die Stadtbewohner zu erschrecken und Frauen aus Spaß zu verschleppen.«

»Und wenn die Leute es herausfinden«, es gelang ihm einfach nicht, *Menschen* zu sagen, »bringt ihr sie einfach um?«

»Nicht alle. Über manche machen wir uns so lange lustig, dass sie das Gesehene infrage stellen. Andere setzen wir unter Drogen, damit sie das Gedächtnis verlieren. Und dann sind da noch diejenigen, die zu einem von uns werden.«

Er machte große Augen und sagte: »Ich dachte, Melly hätte gesagt, dass ihr so geboren werdet.«

Sie lachte laut und schallend. »Natürlich werden wir so geboren. Wenn ich sage, *von einem zu uns werden*, meine ich damit nur, dass man als Lebensgefährte in das Rudel oder welche Gruppierung auch immer aufgenommen wird.«

»Und wie sorgt ihr dafür, dass sie den Mund halten?«

Sie sah ihn mit ihren goldenen Augen an. »Wenn der Mensch seine Gefährtin oder seinen Gefährten verrät, ist sein Tod langwierig und schmerzhaft. In den meisten Fällen wirkt dies abschreckend, und wenn das nicht der Fall ist, dient ein Video als Mahnung für diejenigen, die vielleicht den Mund nicht halten können.«

Es war nicht männlich, zu schlucken, und doch spürte er ein leichtes Zittern. Seine geordnete Welt war auf den Kopf gestellt worden. Es war schwer, tapfer zu sein, wenn man neben jemandem saß, der so gleichgültig gegenüber seinem Tod war.

Das Spiel begann mit einem buchstäblichen Brüllen. Bären gegen Löwen, wobei das Bärenteam eine gemischte Mannschaft aus Männchen und Weibchen war, aber auf der Seite der Löwen ... »Es sind nur Mädchen.«

»Hast du die Schlimmsten Schlampen gerade Mädchen genannt?«, flüsterte jemand laut hinter ihm.

»Nur die Besten spielen fürs Team«, erklärte Mrs. Goldeneyes stolz. »In meinen besten Jahren spielte ich Abwehr. Melly, die etwas zierlicher ist, was an den Genen meines Mannes liegt, ist deswegen besser für die Position der Stürmerin geeignet.«

Es gab keine Helme, keine Polsterung, nicht einmal Stollen, nur nackte Füße, winzige Turnhosen und Trägerhemden. Die Löwen trugen Gold und Schwarz, die Bären Rot und Weiß.

Was folgte, war das gewalttätigste Fußballspiel aller Zeiten, denn dies war nicht der Fußball, mit dem er aufgewachsen war. Es gab weder Schiedsrichter noch Fahnen auf den Spielzügen. Nur eine ungestüme Spielfreude, die ihn vor Spannung an den Rand seines Sitzes brachte.

Die schiere rohe Kraft und Stärke war erstaunlich, aber noch aufregender und herzergreifender war es, Melly beim Spielen zuzusehen. Sie schien kleiner zu sein als viele da draußen, aber sie war schnell, trat den Ball in der Luft und sprintete wie der Wind. Als sie ein Tor erzielte, war er nicht der Einzige, der mit den Füßen stampfte und pfiff.

Am Ende der ersten Halbzeit lagen sie mit zwei Toren in Führung und waren nicht zu halten. Am Anfang der nächsten Halbzeit, als die Löwinnen nur noch ein Tor in Führung lagen, wurde einer der Hauptstürmer ausgeschaltet. Der Schlag der beachtlichen Spielerin holte Robin sofort von den Füßen. Sie hätte sich vielleicht erholen können, hätte sie den Ball losgelassen, aber das tat sie nicht, und so warfen sich die Bären auf sie. Eine stöhnende Robin musste vom Spielfeld getragen werden.

Er machte große Augen, aber Mrs. Goldeneyes schnaubte. »Es geht ihr gut, aber sie ist ein Weichei. Als ich jung war, musste man sich schon etwas brechen, bevor man aufgab.«

Eine Auszeit wurde ausgerufen und das reduzierte Team arbeitete viel mit Handzeichen.

»Habt ihr eine Ersatzfrau?«, fragte er.

»Nein.« Mrs. Goldeneyes sprach das Wort mit offensichtlicher Genugtuung aus.

Anschließend versuchten zwei Personen, die Position zu füllen, und wurden nicht nur angegriffen, sondern regelrecht fertiggemacht. Und plötzlich lagen die Bären ein Tor in Führung. Die schreckliche Situation wurde nicht dadurch entschärft, dass Mrs. Goldeneyes jemanden bat, ihr eine Plastikplane für das Blut zu holen.

»Ich muss mit Melly sprechen«, murmelte er und stand von seinem Platz neben Mama Löwe auf.

»Am besten verabschiedest du dich gleich von ihr. Ich will dich schnell töten, damit ich nicht den Anfang des Abendessens verpasse«, sagte sie mit einem fröhlichen Winken und Lächeln.

Er steckte die Hände in die Taschen und ging zu der Bank des Löwenteams, wo Melly aufgebracht hin und her ging und ausflippte.

»Sicher kann eine von euch Abwehrschlampen einen geraden Pass in den Strafraum spielen.«

Alles schüttelte den Kopf, also konnte man davon ausgehen, dass keine von ihnen dazu bereit war. Melly sah ihn und plötzlich erhellte sich einen Augenblick lang ihr Gesicht, und sie war wirklich froh, ihn zu sehen, das war nicht gespielt. Es war echt. Warm. Und wurde unterbrochen.

Sie zog ihn ein wenig weg. »Hör zu, wenn das Blatt sich nicht wendet, triff dich später am Waldrand mit mir und wir versuchen zu fliehen.«

»Glaubst du wirklich, dass deine Mutter mich entkommen lässt?« Er zog eine Augenbraue hoch.

Sie seufzte laut. »Nein. Aber ich kann auch nicht zulassen, dass sie dir einfach den Hals aufreißt.«

»Aber irgendwer wird sie doch sicher aufhalten.«

Melly blickte sich über ihre Schulter um, wo ihre Mutter Platz genommen hatte. »Darauf würde ich nicht zählen. Die einzige Person, die sie vielleicht aufhalten könnte, ist Arik.«

»Euer König der Löwen? Können wir ihn nicht um sicheres Geleit bitten oder so was?«

»Das könnten wir«, sagte sie langsam.

»Aber?«

»Er will dich irgendwie auch tot sehen.«

»Ich dachte, er wäre mit einer Menschenfrau verheiratet.«

»Das ist er auch und sie lieben sich wirklich.«

Sollte das etwa heißen, dass Melly und er das nicht taten? »Wer behauptet denn, dass wir das nicht tun?«

»Liebst du mich?«, fragte sie leise.

»Ich weiß es nicht.« Er musste einfach ehrlich bleiben. »Aber ich würde es gern herausfinden, was bedeutet, dass wir das Spiel gewinnen müssen.« Er blickte auf das Spielfeld. »Was muss man tun, um Teil des Teams zu werden?«

»Denkst du an jemand Bestimmtes?«

Er würde das später wahrscheinlich bereuen. Vielleicht würde er sogar sterben. »Ich war an der Uni ein Fußballstar.«

Sie blinzelte ungläubig. »Du?«

»Ja, ich. Ich halte jetzt noch den Rekord an meiner Schule als Torjäger, solltest du wissen.«

»Du weißt, wie man gegen Menschen spielt. Wir reden hier aber von Löwen und Bären.«

»Das ist mir schon klar.«

»Sie könnten dich auf dem Spielfeld zu Mus machen.«

»Ja, aber wenn ich schon sterben muss, dann möchte ich es wenigstens kämpfend tun.«

Melly saugte an ihrer Unterlippe, während sie seinen Vorschlag überdachte. Der Rest des Teams hatte keinerlei Vorbehalte.

»Lass den Jungen spielen, wir beschützen ihn schon«, erklärte Joan.

»Also?«, fragte er sie.

»Dann lass uns mal ein paar Bären in den Hintern treten.«

Kapitel Siebzehn

Es war verrückt und fantastisch zugleich. Sie und Theo waren vielleicht vom Schicksal zusammengeworfen worden und hatten sich aus Versehen fürs Leben gepaart, doch es erschien ihr irgendwie richtig, dass er sich engagierte und für ihre gemeinsame Zukunft kämpfen wollte.

Natürlich sah ihre Mutter das nicht so. Sie war die Erste, die eine Wette gegen ihn ausrief. »Rundum bezahlter Urlaub nach Tahiti für die erste Person, die den menschlichen Spieler ausschaltet.«

Zu Mellys Überraschung war Tantchen diejenige, die einen Konter anbot. »Ich wette mein Chalet in Colorado gegen deine Wohnung auf den Bahamas, dass die Löwen dieses Spiel nicht nur gewinnen werden, sondern dass wir es mit mindestens zwei Toren Vorsprung schaffen.«

Da die Einsätze so hoch waren, begann ein Wettgetümmel, das Theo anscheinend ignorierte. Nachdem er angeboten hatte, in die Mannschaft einzusteigen, hatte er nur eine halbe Sekunde Zeit, um seinen Protest zu äußern, als ihm das Hemd vom Leib gerissen wurde – was außerdem noch fast dazu geführt hätte, dass sie einigen Schlampen das Gesicht zerkratzt hätte. Dann wurde ihm die Hose weggerissen, was zur Folge hatte, dass Natalya, die ihn in den Hintern gekniffen hatte, über die Außenlinie des Spielfelds flog – und er nur noch in Boxershorts dastand. Eine der Spielerinnen mit dickeren Oberschenkeln lieh ihm ihre Ersatzfußballhose. Das Oberteil passte ihm gut und mehr als eine der Schlampen beäugte seinen Oberkörper mit Bewunderung. Genug, dass Melly sie anknurren musste, damit sie sich zurückzogen.

Meins.

Alles meins.

Aber damit sie ihn behalten konnte, mussten sie dieses Spiel gewinnen.

Es dauerte ein paar Spielzüge, bis er etwas von seiner Steifheit verlor. Es musste beängstigend sein zu wissen, dass er der einzige zerbrechliche Mensch unter den ganzen blutrünstigen Wandlern war, und doch behielt er die Ruhe, machte im dritten Spielzug einen Angriff und überraschte alle, indem er fast ein Tor schoss. Der kluge Mann wusste, dass er sich zu Boden werfen musste, bevor sich alle auf ihn stürzten.

Ein paar Minuten später schoss er einen Pass, einen schönen langen Pass, der leider an die gegnerische Mannschaft ging. Aber da Melly wusste, wozu er fähig war, sorgte sie dafür, dass sie sich in die richtige Position brachte und der nächste Pass an sie ging. Sofort war die Abwehr da, aber das spielte keine Rolle. Sie hatten wiedergutgemacht. Danach brauchte sie nur noch auf ihn zu achten, wenn er im Ballbesitz war. Sie lief immer in die Richtung, in die er den Kopf neigte.

Laufen. Laufen. Springen. Den Ball nehmen. Ihre Löwin sagte ihr, was sie tun sollte, und sie hörte zu. Sie streckte den Fuß aus und erwischte den Ball, auch wenn er normalerweise zwischen ihren Beinen hindurchgegangen wäre.

Sie rannte mit einem Grinsen los und wollte ein Tor schießen. Kurz vor Ende der zweiten Halbzeit lagen sie nur noch ein Tor hinten. Durch ein paar geschickte Spielzüge gelang es ihnen aufzuholen.

Das Spiel stand unentschieden.

Sie hoffte wirklich, dass ihre Mutter schwitzte. Sie konnte nicht umhin, ihre Mutter anzugrinsen, woraufhin diese eine Augenbraue hochzog und mit dem Mund die Worte formte: »Noch ist es nicht vorbei.«

Und es war fast so, als hätte dieser kleine Austausch dazu geführt, dass das Blatt sich wendete. Denn im nächsten Spielzug musste sie entsetzt dabei zusehen, wie Percy sich seinen Weg durch die Schlampen bahnte und es offensichtlich auf Theo abgesehen hatte, der gerade den Ball abgeben wollte.

Er trat zu, als der andere mit der Faust ausholte, die so groß war wie ein Schinken.

Theo duckte sich, verlor dabei aber seine Brille.

Krach. Percy zermalmte sie unter seinem Fuß und sagte ohne die geringste Reue: »Ups.«

Aber das verstärkte nur Theos Entschlossenheit. In der nächsten Auszeit sah er sie alle an und sagte dann: »Melly und Joan, ich möchte, dass ihr ganz nach vorne rennt. Natalya und Bethany, ich möchte, dass ihr zwischen den Spielern hin und her flitzt.«

»Und was ist mit mir?«, fragte Meena.

»Wie würde es dir gefallen, einen ausgewachsenen Mann zum Weinen zu bringen?«

Offensichtlich schien das Meena ausgesprochen gut zu gefallen, was dazu führte, dass wenig später ein weinender Percy vom Spielfeld geführt wurde, der sich den Schritt hielt. Mehr als nur ein Mann im Publikum war voller Mitgefühl zusammengeschreckt. Aber es diente auch als Warnung – rührt Theo an und ihr werdet den Preis dafür zahlen.

Melly warf einen Blick hinüber zu ihrer Mutter und ihrer Tante. Vielleicht irrte sie sich ja, aber sie hätte schwören können, dass der Mund ihrer Mutter sich zu einem Lächeln verzogen hatte. Das konnte doch nicht sein. Sie hatte sich klar ausgedrückt, dass sie wollte, dass Theo verschwand. Doch Melly konnte sich jetzt keine Gedanken über das Verhalten ihrer Mutter machen. Sie hatte immerhin noch ein Spiel zu gewinnen.

Wie bei allen wichtigen Spielen kam es auch bei diesem auf die letzten paar Sekunden an. Es waren noch zehn Sekunden zu spielen. Es herrschte noch immer Gleichstand und sie hatten Einwurf. Sie wollte am liebsten einfach lospreschen, doch Theo schüttelte den Kopf.

»Wir müssen einfach sicherstellen, dass wir das entscheidende Tor schießen.«

»Wir müssen einfach nur gewinnen«, grummelte Melly.

Er sah sie an. »Wir machen es auf *meine* Art.«

Die Schlampen machten »Ohhh« und »Ahhh«, als sie seinen herrischen Ton hörten, woraufhin er errötete.

Melly nickte. »Von mir aus.«

Alle nahmen ihre Plätze ein und der Ball wurde eingeworfen. Theo nahm ihn und suchte nach einer Gelegenheit, einen sauberen Pass zu schießen. Aber leider wurde Melly von einem Verteidiger gedeckt, genau wie alle anderen auf entscheidenden Positionen auch.

Was tat ihr dummer Streber also? Er dribbelte über das gesamte Spielfeld und schoss ein Tor.

Die Löwen brachen in wildes Geschrei aus, bis Percy, der sich erholt hatte, rief: »Freut euch nicht zu früh. Es sind noch drei Sekunden Spielzeit.«

Im Ernst?

Sie hätten auf Zeit spielen können, um die drei Sekunden abzuwarten, aber die Ehre gebot, dass sie den Bären ihre letzte winzige Chance gaben auszugleichen. Sie sah, wie ihre Tante Theo etwas zuflüsterte, der daraufhin mit einer der anderen Spielerinnen redete. Eigentlich hätte sie damit rechnen sollen, was als Nächstes kam. Ein Abseitsschuss. Und ihr dämlicher Lebensgefährte war derjenige, der ihn annahm.

Er rannte das Feld hinunter. Die Bären nahmen sich einen Moment Zeit, um sich neu zu gruppieren und zusammenzutreten. Als sie sich näherten, sprang Theo, und als er in der Luft war, sah er sie und zwinkerte ihr zu.

Er zwinkerte ihr tatsächlich zu, verdammt noch mal, bevor er ihr den Ball zuspielte. Es war bloßer Instinkt, der dafür sorgte, dass sie den Pass abfing und ein Tor schoss. Da Melly damit beschäftigt war, sich gratulieren zu lassen, dauerte es einen Moment, bis ihr klar wurde, dass sie Theo nicht sehen konnte. Nicht unter dem Haufen von Leuten, die sich auf ihn gestürzt hatten.

»Runter von ihm!«, rief sie und plötzlich war ihr das Spiel egal.

Sie und die Schlampen begannen damit, einen nach dem anderen von ihm runterzuzerren, bis sie ganz unten seinen bewegungslosen Körper vorfanden.

»Theo.« Sie murmelte seinen Namen, als sie neben ihm auf die Knie sank, weil sie Angst hatte, ihn zu berühren. Was, wenn sie noch mehr Schaden anrichtete? Er war nicht aus dem gleichen harten Holz geschnitzt wie Löwen.

»Ist er tot?«, fragte ihre Mutter, die von der Tribüne herübergekommen war, um Mellys bewegungslosen Gefährten ebenfalls anzustarren.

Melly warf ihr einen düsteren Blick zu. »Das würde dir gefallen, nicht wahr?«

»Eigentlich nicht. Für einen Menschen hat der Junge gute Gene. Hast du gewusst, dass er bei seinen Eignungsprüfungen fast perfekt abgeschnitten hat und beim Militär der Beste seiner Einheit war? Sie haben ihn wegen Kurzsichtigkeit entlassen. Idioten. Sie hätten ihm besser die Augen lasern lassen sollen.«

Melly starrte ihre Mutter an. »Du hast ihn überprüfen lassen?«

»Also bitte, ich lasse alle Typen überprüfen, mit denen du schläfst. Schließlich kann ich ja nicht zulassen, dass du dich mit der falschen Art Mann einlässt.«

»Wie zum Beispiel einem Menschen.«

»Eigentlich meinte ich moralisch gesehen falsch. Ich kann einen Lügner und Betrüger nicht dulden. Ich glaube nicht, dass du dieses Problem mit ihm haben wirst. Er ist so geradlinig, dass er selbst ein Lineal krumm erscheinen lässt.«

»Gibst du mir etwa tatsächlich deinen Segen?«

»Das muss ich wohl, wenn ich jemals Enkel haben möchte.«

»Und wenn du Babys hast, seid ihr jederzeit dazu eingeladen, euren Urlaub in meiner neuen Urlaubswohnung auf den Bahamas zu verbringen«, erklärte ihre Tante. »Was für ein guter Mann.«

Melly starrte sie an. »Du bist daran schuld, nicht wahr?«

»Kann ich etwas dafür, dass dein Mann gern gewinnt?«

»Was hast du ihm versprochen?«

»VIP-Pässe für das neue Disney *Star Wars*-Land.«

»Er hätte dabei draufgehen können.«

»Das ist er aber nicht, und gleichzeitig hat er noch bewiesen, dass er stark genug ist, um in diese Familie zu gehören.«

Ein Stöhnen vom Boden lenkte ihre Aufmerksamkeit auf Theo, der sich regte.

Melly hatte immer noch Angst, ihn anzufassen. »Theo, rede mit mir. Sag mir, wo du verletzt bist.«

Er rollte sich mit geschlossenen Augen auf den Rücken. »Überall.«

»Ich bringe dich rüber zum Haus, damit wir dich untersuchen und verbinden können.«

Er machte mühsam ein Auge auf. »Wage es ja nicht. Vielen Dank, aber ich werde auf meinen eigenen zwei Beinen dort hingehen.«

»Schön zu sehen, dass da drinnen ein trotziger Mann steckt«, entgegnete ihre Mutter, bevor sie aufstand. »Wenn ihr mich jetzt entschuldigen würdet, ich sehe, dass mir ein Bär einen Platz in der Schlange für die Rippchen frei hält.«

Und mit *Platz frei halten* meinte sie, sie packte den klobigen Mann, warf ihn zur Seite und nahm seinen Platz ein. Niemand widersprach. Der Ruf der Mutter wurde nicht oft auf die Probe gestellt, aber anscheinend konnte sie immer noch überraschen.

Melly murmelte: »Ich kann kaum glauben, dass es ihr nichts ausmacht, dass wir ein Paar sind.«

»Sie hatte ja keine andere Wahl, schließlich haben wir ihre Wette gewonnen«, entgegnete er und setzte sich auf.

»Wir haben nur gewonnen, weil sie es zugelassen hat.«

»Inwiefern zugelassen? Schließlich konnte sie ja nicht wissen, dass ich einschreiten würde, um zu helfen.«

»Sei dir da mal nicht so sicher.« Da ihre Mutter ihn hatte überprüfen lassen, hatte sie auch von seiner früheren Fußballkarriere gewusst und ihn getestet, um zu sehen, was für ein Mann er war.

Die Art von Mann, die eine Löwin lieben könnte.

»Wie fändest du es, wenn wir das Abendessen auslassen und gleich zum Nachtisch übergehen?«, fragte sie ihn.

Der dumme Mann dachte, sie meinte Sex. Obwohl sie tatsächlich den Nachtisch meinte. Erst als sie zwei große Teller mit ein bisschen von allem gefüllt hatte, flüchteten sie auf den Dachboden. Sie aß einen Teller auf dem Weg, was bedeutete, dass sie bereit war, sich auszuziehen, sobald die Luke zu ihrem Zimmer sich schloss.

In ihrer engen Dusche erlaubte er ihr, jeden Zentimeter seines feinen Körpers zu inspizieren. Jeden Bluterguss zu küssen. Jeden Kratzer zu lecken. Dann lutschte sie an dem Teil von ihm, der entspannt werden musste.

Dann war sie an der Reihe. Er leckte jeden empfindlichen Zentimeter ihres Körpers. Saugte an ihren Brustwarzen und an der Stelle zwischen ihren Beinen. Drang mit dem Finger in sie ein, während er mit seiner Zunge ihre aufgerichteten Brustwarzen bearbeitete. Dann drang er schließlich in sie ein und sein wunderbar harter Schwanz füllte sie bis zur Perfektion aus, und als sie so hart kam, dass ihre Zehen sich verkrampften und sie ein winziges Brüllen ausstieß, sagte er: »Ich liebe dich.«

»Ich dich auch. Und nur zu deiner Information, wenn du den Kuchen auf dem Nachttisch anrührst, reiße ich dir die Eingeweide raus.«

Dann zeigte sie ihm, wie sehr sie den besagten Kuchen genoss, indem sie ihn von seinem Schwanz leckte.

Als sie ein paar Stunden später auftauchten und nach etwas Essbarem suchten, hörte man unter den rundum aufgehängten Laternen auf der Terrasse den Jubel der betrunkenen Löwen und Bären.

»Theo, du spießiger Mistkerl! Komm und trinke einen mit uns!«

Sie verlor ihn für eine Weile, als er gefeiert wurde und Bier und andere alkoholische Getränke erhielt. Als es Zeit zum Schlafengehen war, suchte sie ihren

Freund, der nicht viel vertrug und an einen Baum gelehnt dasaß, schon halb im Koma.

Er lächelte und lallte: »Jetzt verstehe ich endlich, warum die Leute Katzen lieben. Komm ein bisschen näher, damit ich deine Muschi streicheln kann.«

Er war schnell wieder nüchtern, als er ihr Fell unter seinen Fingern spürte, und als er später an sie gekuschelt einschlief, war das sogar noch schöner als ein Fleckchen in der Sonne.

Epilog

Melly hockte auf dem Dach und trug ihre dunkle Elasthan-Uniform, einen Ganzkörperanzug, den die Schlampen für verstohlene Einsätze bei Nacht entworfen hatten. Sie hielten sich nicht länger mit Kneipenschlägereien und Hühnerrennen auf der Autobahn auf. Sie hatten jetzt richtige Jobs, sie arbeiteten für die Steuerbehörde.

Nicht dass das Finanzamt wusste, dass es offiziell die Schlimmsten Schlampen eingestellt hatte. Nachdem Theo Marneys Waffenring geknackt hatte, wurde er befördert, woraufhin Arik die glänzende Idee hatte, Theo als ihren internen Verbindungsmann zu haben, um sie zu beschützen.

Welchen besseren Weg gab es, Theo in den Rängen aufsteigen zu lassen, als dafür zu sorgen, dass er weiterhin die schwierigsten Fälle knackte? Mit ein wenig Hilfe seines Rudels fand er die größten Steuerbetrüger. Sie auffliegen zu lassen verbesserte seinen Ruf nur noch, und angesichts der Tatsache, dass die Schlampen nur hinter Gaunern her waren, bemerkte niemand, dass sie gelegentlich ein wenig Geld abzweigten, um einige ihrer teureren Einkäufe zu finanzieren.

Was ihr Zahlen liebender Ehemann gern hinterfragte. »*Wozu brauchen wir denn noch einen Flammenwerfer?*«

»*Was, wenn der Erste kaputt geht?*«

»*Lass mich raten, der Hubschrauber, auf den du eine Anzahlung geleistet hast, ist für die Missionen, bei denen ihr Fallschirm springen müsst.*«

»*Nein, der ist nur zum Spaß.*«

Lustig, dass er sich nicht beschwerte, als sie ihm ein authentisches Darth Vader-Kostüm vom Original-Filmset kaufte.

Das Leben war gut zu dieser Löwin, zumal sie vor ihrem Partner, besten Freund und Geliebten ganz sie selbst sein konnte.

Brüll.

End e? Nein.
Wenn ein Töwe Heiratet

www.ingramcontent.com/pod-product-compliance
Lightning Source LLC
LaVergne TN
LVHW041627060526
838200LV00040B/1469